LUGGAGE

LUGGAGE
by Susan Harlan

지식산문 ○ 01

LUGGAGE

복복서가

지식산문 O 시리즈는 평범하고 진부한 물건들을 주제 삼아 발명, 정치적 투쟁, 과학, 대중적 신화 등 풍부한 역사 이야기로 그 물건에 생기를 불어넣는 마법을 부린다. 이 책들은 매혹적인 내용으로 가득하고, 날카로우면서도 이해하기 쉬운 문장으로 일상의 세계를 생생하게 만든다. 경고: 이 총서 몇 권을 읽고 나면, 집 안을 돌아다니며 아무 물건이나 집어들고는 이렇게 혼잣말할 것이다. "이 물건에는 어떤 이야기가 숨어 있을지 궁금해."

_스티븐 존슨,

『탁월한 아이디어는 어디서 오는가』 저자

'짧고 아름다운 책들'이라는 지식산문 O 시리즈의 소개말에 전적으로 동의한다. (…) 이 책들은 우리가 당연하게 생각했던 일상의 부분들을 다시 한번 돌아보도록 영감을 준다. 이는 사물 자체에 대해 배울 기회라기보다 자기 성찰과 스토리텔링을 위한 기회다. 지식산문 O 시리즈는 우리가 경이로운 세계에 둘러싸여 있다는 사실을 상기시켜준다. 우리가 그것을 주의깊게 바라보기만 한다면.

_ 존 워너, 〈시카고 트리뷴〉

1957년 프랑스의 평론가이자 기호학자 롤랑 바르트는 획기적인 에세이 『신화론』을 출간했다. 이 책에서 그는 세탁 세제에서 그레타 가르보의 얼굴, 프로레슬링부터 시트로앵 DS에 이르기까지 당대의 대중문화를 분석했다. 짧은 분량으로 이루어진 지식산문 O 시리즈는 바로 이 전통을 계승하고 있다.

_ 멜리사 해리슨, 〈파이낸셜 타임스〉

권당 2만 5천 단어로 짧지만, 이 책들은 결코 가볍지 않다.

_ 마리나 벤저민, 〈뉴스테이츠먼〉

게임 이론의 전설인 이언 보고스트와 문화연구학자 크리스토퍼 샤버그가 기획한 지식산문 O 시리즈는 선적 컨테이너에서 토스트에 이르기까지 일상의 물건들에 관한 짧은 에세이를 담은 작고 아름다운 책이다. 〈디 애틀랜틱〉은 '미니' 총서를 만드는데, (…) 내용에 더 내실 있는 쪽은 주제를 훨씬 더 깊이 탐구하며 디자인도 멋진 이 시리즈다.

_ 코리 닥터로, 〈보잉보잉〉

이 시리즈의 즐거움은 (…) 각 저자들이 자신이 맡은 물건이 겪어온 다양한 변화들과 조우하는 데 있다. 물건이 무대 중앙에 정면으로 앉아 행동을 지시한다. 물건이 장르, 연대기, 연구의 한계를 결정한다. 저자는 자신이 선택했거나 자신을 선택한 사물로부터 단서를 얻어야 한다. 그 결과 놀랍도록 다채로운 시리즈가 탄생했으며, 이 시리즈에 속한 책들은 그 자체로 하나의 작품이다.

_ 줄리언 예이츠, 〈로스앤젤레스 리뷰 오브 북스〉

유익하고 재미있다. (…) 주머니에 넣고 다니다가 삶이 지루할 때 꺼내 읽기 완벽하다.

_ 새라 머독, 〈토론토 스타〉

롤랑 바르트와 웨스 앤더슨 사이 어딘가의 감성.

_ 사이먼 레이놀즈, 『레트로마니아』 저자

내 모든 도로 여행을 가능하게 해준,

범퍼 스티커가 붙어 있고 이제는 사망한,

낡아빠진 빨간 자동차 베릴에게

일러두기

1. 각주는 모두 옮긴이주다.
2. 외래어는 국립국어원 외래어표기법을 따랐으나, 회사명, 제품명 등 일반적으로 통용되는 표기가 있을 경우 이를 참조했다.

차례

들어가며:

여행과 물건들

수하물 찾는 곳에는 뭔가가 있다. 나는 여행가방이 나오기를 기다리는 것이 늘 좋았다. 너무도 지루하지만 그렇게 할 만한 이유가 있는 일이기 때문일 것이다. 낯선 사람들과 함께 하는 일이어서 좋기도 하다. 비행기 안에서 본 그 모든 얼굴을 다시는 보지 못할 테니 말이다. 때로는 내 가방을 찾으려면 어디로 가야 하는지 알려주는 화면을 보지 않고도 동료 승객들만으로 내가 가야 하는 수하물 컨베이어를 찾아내기도 한다. 그 사람들이 어디에 모여 있지? 아, 저기에 있구나. 모두가 무엇을 해야 할지 확신 없이 거기에 서서 컨베이어가 돌고 가방들이 나오길 기다리고 있다. 혹은 휴대폰을 꺼내들고 통화를 하거나 문자메시지를 보내기 시작한다. 아마 그들은 비행에 대해, 그러니까 비행이 끝나서 기쁘다고 생각하고 있을 것이다. 집으로 가게 되어 혹은 어느 곳이든 그들이 사는 곳으로 돌아가게 되어 기쁘다고 말이다. 아마도 그들은 공항 측에서 자기들의 가방을 검사하지 않았기를 바랄 것이다. 예상치 못하게 직원들이 마지막 순간에 그들의 여행가방을 따로 실었을 수도 있다. 수하물 보관함의 공간이 부족해서 혹은 가방이 너무 커서. 여행가방이 손을 떠나가면 수하물 찾는 곳에서 기다려야 한다.

수하물 컨베이어 주위에는 일시적이고 미약한 공동체 의식이 형성된다. 컨베이어에서 가방을 끌어내기 위해 혹은 다른 사람의 검은색 여행가방을 자기 것으로 착각했다는 걸 알고 다시 컨베이어에 싣기 위해 서로 도울 수도 있다. 우리가 정말로 서로를 아끼는 건 아니지만, 어쨌거나 그 상황에 함께 갇혀 있는 느낌을 받는 것이다. 그 유대감은— 설령 그것이 유대감이 아니라 해도—대개 비행기 안에서는 존재하지 않던 것이다. 비행기 안에서는 비좁은 공간 탓에 긴장감이 조성되는 경향이 있다. 목적지에 도착하면 자유로워지지만, 10분 뒤면 비행기에 같이 탔던 사람들 중 다수가 삶의 다음 단계로 이동하기 전 다른 장소에 다시 모인다. 비행기 안에서 나는 스몰토크에, 더 나쁘게는 참사가 될 대화에 갇히지 않기 위해 옆자리 승객과 되도록 심리적 거리를 유지하려고 노력한다. 하지만 수하물 찾는 곳에서 동료 승객들을 다시 보게 되면, 마치 그들이 내가 아는 사람 같은, 그들과 함께 뭔가를 겪어온 듯한 기분이 든다. 그리고 그들과 이야기를 나눌 수 있기를 바랄 지경이 된다. 실제로 우리는 뭔가를 함께 겪었다. 특별한 의미는 없고, 아마도 우리가 유리 슬라이딩 도어 밖으로 걸어나가 바깥의 열기 혹은 추위와 맞닥뜨리자마자 거의 즉각적으로 잊어버릴 지극히 평범한 경험이지만 말이다.

신음소리를 내는 컨베이어 위로 줄줄이 지나가는 여행가방들을 지켜보며 나는 어떤 가방이 어떤 사람의 것일지 생각해본다. 내가 알지 못하며 결코 알게 되지 않을 그 사람들. 그 가방들 중 어떤 것은 무겁고 거추장스럽고 중량 초과 태그가 붙어 있다. 어떤 가방들은 냉장고에 남은 엄청난 양의 식재료처럼 투명 비닐로 압축 포장되어 있다. 아마 도난에 대비하는 방책일 텐데, 미국교통안전청TSA이 그걸 제거해야 할 경우 작업이 번거로울 것이다. 나는 어떤 여행가방이 내 가방보다 더 멋져 보이는지 생각하고, 어떤 것이 특히 볼품없게 생겼는지 살펴본다. 세트 상품인 여행가방 여러 개를 가지고 여행하는 경우에는, 첫번째 여행가방을 찾은 후 다른 가방들을 식별할 수 있다. 나는 이상한 모양의 골판지 상자들을 바라보며 그 상자들 안에 무엇이 들었을지 궁금해한다. 수하물 찾는 곳에는 항상 다양한 수하물이 있다. 반면 비행기 좌석 위쪽 수납함에 들어가는 가방들은 대부분 비슷하다. 바퀴 달린 단단한 재질의 검은색 가방 혹은 바퀴 달린 부드러운 재질의 가방. 어떤 사람들은 눈에 띄게 하려고 이 여행가방들에 스카프나 반다나를 매놓는다. 바퀴 달린 검은색 기내용 가방은 마치 유니폼처럼 자기 주인에 관해 아무것도 누설하지 않는다. 그것은 판독이 불가능하고 불투명하다. 하지만 패치를 바느질해서 붙이거나 축구공 또는 거북이 모양의 밝은 수하물 태그를 달면 갑자기 다른 것이 된다. 수하물 찾는 곳에서는 온갖 모양, 크기, 색깔을 가진 가방들이 보인다. 그리고 지루한 검은색 가방은 혼동을 유발한다. 실례합니다만 그 가방 제 것 같아요. 아뇨, 이건 분명히 제 가방이에요. 태그를 확인해봐도 될까요. 오, 죄송해요. 꼭 제 가방처럼 보이네요. 이건 수하물 컨베이어 앞에서 추는 춤이다. 우리의 재산을 되찾으려는. 그것을 식별하려는. 어떤 사람들은 자기 가방에 모노그램을 새긴다. 이런 행위는 여행가방을 식별하는 데 도움이 되어 실용적이기도 하지만 더 심오한 방식으로 정체성과 연결된다. 모노그램은 정체성의 정제된 형태이고 소유권의 선언이다. 이건 내 거야. 또한 그것은 또다른 브랜드가 된다. 여행가방 브랜드와 어깨를 나란히 하는 당신만의 브랜드, 끝없이 재현할 수 있고 즉시 인식할 수 있는 자아 표시가 된다.

어떤 사람들은 여행가방에 그들이 방문했던 장소들의 스티커를 덕지덕지 붙인다. 이제는 약간 구식이 된 유행이긴 하지만 말이다. 스티커들은 그 가방의 주인을 일부 설명해준다. 리베카 웨스트는 『검은 양과 회색 매』에서 잘츠부르크에서 구유고슬라비아로 가는 기차에 탄 한 승객에 관해,

"그의 여행가방에 붙어 있는 라벨들이 그가 배우 또는 댄서임을 암시했으며 그의 호리호리한 몸은 운동을 통해 마치 코르셋을 입은 것처럼 부자연스럽게 눌려 있었다"[1]라고 언급한다. 여행가방에 붙은 라벨들이 그녀로 하여금 그의 직업을 추측하게 하고, 그의 몸은 그의 여행가방이 암시하는 것을 뒷받침한다. 19세기와 20세기에 여행가방 라벨 디자인은 여행 포스터에서 유래한 경우가 많았다. 그렇다고 포스터의 경우처럼 여행 욕구를 불러일으키려는 의도가 있는 건 아니었다. 그것은 여행을 자주 하고 교양을 갖추었음을 증명하는 기념품으로 기능했다.[2] 오늘날 여행가방 라벨은 문화자본뿐만 아니라 현실자본도 드러내준다. 루이비통은 '이국적인 지역 패치'와 빈티지 LV 로고가 있는 새 가방을 맞춤 제작해주는 '개인 맞춤 서비스'를 제공한다.[3] 그렇게 만들어진 가방은 여행가방 라벨의 역사에 대체물로서 향수를 불러일으킨다. 당신은 어디에도 있을 필요가 없다. 여행가방 브랜드가 당신을 위해 서사를 만들어줄 테니까. 어쨌든 실제 여행가방 라벨에는 당신이 어디에 갔는지 그리고 무엇을 보았는지 설명되어 있다. 그것은 개인적 경험의 증거다. 그 라벨들은 글자 그대로 당신의 여행가방에 부착된 기념품으로서 지워지지 않고 남는다. 시간이 지나면서 닳아 없어질 수도 있고 지루할 때 라벨 가장자리를 만지작거릴 수도 있으나, 일단 여행가방에 그것을 붙이고 나면 그것은 추억과는 달리 그 자리에 계속 머물러 있게 된다. 여행가방 라벨은 일단 여행이 종료되면 되돌릴 수 없다는 사실을 보여준다.

모든 여행은 어느 정도 경계가 불분명하다. 그것은 여기에 있지도 않고 저기에 있지도 않으며, 항상 가고 오고 되어가는 과정 속에 있다. 늦은 밤 당신이 탄 기차가 선로 위에서 획 하고 움직이는 소리나 칠흑처럼 아무것도 보이지 않는 차창 밖

여행가방

풍경, 즉 당신이 통과하는 공허함에서 그것을 느낄 수 있다. 장거리 도로 여행 중 몇 시간을 운전한 후 노래를 얼마 동안 들었는지, 얼마나 배가 고픈지, 얼마나 소변을 보고 싶은지 등을 파악하기 시작할 때 그런 느낌을 받을 수도 있다. 그러나 수하물 찾는 곳이야말로 그 자체의 시간 감각을 지닌 경계 공간일 것이다. 우리로 하여금 여행의 진행을 멈추고 기다리게 하기 때문이다. 정말로 시간이 멈추거나 중단되는 것은 아니지만 특히 피곤한 경우 그렇게 느껴질 수 있으며, 그곳을 찾는 사람들은 대체로 피곤하다. 이렇게 여행을 하는 도중에 또다른 공간이 형성되는데, 이 시간은 끝이 없다고 느껴질 때조차, 심지어 당신의 가방이 수하물 컨베이어에서 맨 마지막으로 나오거나 전혀 나오지 않을 때조차 일시적이다. 당신은 두려운 마음으로 분실물 보관소를 방문해야 한다. 그런 상황에서도 당신은 결국 당신이 공항을 떠나리라는 걸 안다. 공항이란 떠남을 위한 장소이니 말이다. 때때로 나는 주인이 어디에 있는지 궁금해하며 다른 컨베이어 위의 주인이 찾아가지 않은 마지막

가방을 지켜본다(아마도 주인이 화장실에 간 거겠지). 박람회의 회전목마처럼 수하물 컨베이어도 폐회로다. 그것은 돌고 또 돌 뿐 아무 데로도 가지 못한다. 수하물 찾는 곳은 우리로 하여금 아무것도 아닌 듯한 기분을 느끼게 한다. 우리가 마음을 거의 비웠을 때, 집에 있는 것도 아니고 집 아닌 곳에 있는 것도 아닐 때, 그러니까 아무 데도 아닌 곳에 있을 때, 우리는 우리 또한 아무것도 아닌 것은 아닌지 궁금해진다. 하지만 그것에 대해 염려하기에는 너무도 피곤하다. 그리하여 우리는 컨베이어에서 가방 하나를 골라 그것이 벽 구멍 속으로 사라질 때까지 지켜본다.

이 책은 우리가 여행할 때 가지고 다니는 물건에 관한 이야기다. 여행가방들에 관한, 그리고 그 안에 들어 있는 것들에 관한 이야기다. 여행가방의 역사는 곧 여행의 역사다. 우리가 어떻게 여행했는지, 왜 어디서 무엇으로 짐을 꾸렸는지. 여행가방 없이 여행하는 걸 생각하기란 사실상 불가능하다(여행가방 없이 누군가와 함께 호텔에 체크인하는 행위에는 에로틱한 의미가 있다). 여행가방이라는 존재는 당신이 어딘가로 갈 예정이거나 어딘가로부터 왔다는 것을 의미한다. 폴 퍼셀은 "여행자의 세상은 평범한 세상이 아니다. 여행 자체는 가장 흔한 일이라 할지라도, 본질적으로 이상성異常性에 대한 암묵적 추구이기 때문이다"[4]라고 썼다. 때때로 우리는 그냥 업무차 출장을 가거나 친척을 방문하러 가기도 한다. 하지만 여행은 우리를 글자 그대로나 비유적 의미로나 매일의 일상에서 벗어난 다른 장소로 데려간다. 영웅들은 이것을 안다. 탐색은 확실히 여행의 일종이다. 혹은 퍼셀에게 그랬듯이 여행에 관해 생각하는 한 가지 방법이다. 그리고 영웅들은 물건을 가져가야 한다. 오디세우스의 배에는 먹을 것(염소를 포함해)과 마실 것이 잘 갖춰져 있었다. 그 덕분에 그는 사냥에서 얻은 전리품 그리고 그를 맞아들여 머물게 해준 여주인들의 사치품과 함께 전쟁과 고향 사이의 경계 공간에서, 그가 한동안 머물기로 선택한 공간에서 살아남을 수 있었다.[5] 앨프리드 테니슨 경에서 콘스탄티노스 카바피스에 이르는 시인들은 오디세우스가 고향을 갈망하면서도 고향에서 멀리 떨어져 있다는 것을 이해했다. 심지어 그가 고향을 두려워한다는 것을. 그의 보급품—장비, 비축품 또는 화물이라고 말할 수 있는 수하물의 더 큰 범주—은 그를 기다리고 있는 가정의 영역을 상기시키고, 그가 유예의 공간에 계속 머물도록 허락하면서 해외에서 고향의 느낌을 갖게 해준다. 중세 로맨스『가웨인 경과 녹색의 기사』에서 가웨인 경은 탐험을 위한 보급품이

넉넉하지 못했다. 그는 자신을 증명하고 녹색의 기사의 도전에 응하기 위해 궁정의 안락함을 뒤로 하고 적대적인 세상을 향해 길을 나섰다. 그는 춥고 비참하다. 그는 불편을 감수한다. 그는 혼자다. 조지프 캠벨은 영웅이 궁극적으로 사회에 다시 통합되려면 사회로부터 자신을 분리해 모험을 추구하고, 시험과 도전을 견디고, 스스로를 증명해야 한다는 것을 알았다.[6] 이것이 바로 세르반테스가 『돈키호테』에서 패러디한 세상이고 사회의 체계다. "모험을 찾아다니는 모든 기사들의 귀감이자 모범"인 돈키호테는 애처로운 말 로시난테와 단둘이 다니며 녹슬고 곰팡이 핀 갑옷을 온 힘을 다해 닦는다.[7] 그가 '성城 요새'로 착각한 여관에 들렀을 때 여관 주인은 그의 말고삐, 창, 방패, 흉갑이 이상하다는 걸 알아차린다.[8] 그것들은 진짜이며 합법적인 기사의 집이자 돈키호테가 책에서 읽고 모방하려 했던 사라진 인물, 그의 세계에는 전혀 어울리지 않는 인물의 장신구다. 하지만 그가 진짜 기사가 아니므로 그의 집도 진짜 기사의 집이 아니다. 돈키호테는 환상을 사랑한다. 그리고

25

환상을 자신의 현실로 바꾼다는 게 얼마나 유혹적인지 안다. 그의 짐은 이것이다. 그가 지나가버린 세상에 속하고 싶어한다는 것.

사람들은 항상 한 곳에서 다른 곳으로 이동했다. 그리고 물건을 가지고 다녀야 했나. 헤로도토스는 여행가였다. 그가 여행한 범위는 알려지지 않았지만 말이다. 그의 저서 『역사』는 (기원전 5세기부터) 전쟁들만이 아니라 문화 간 차이에도 관심을 가졌던 이의 작품이다.[9] 아우구스투스 치하의 로마인들은 건강을 위해, 신탁을 받기 위해, 또는 스포츠 행사에 참여하기 위해 여행했다.[10] 대부분의 사람들이 걸어서 여행했다. 어떤 사람들은 도로가 좁고 위험한데도 말이나 마차를 탔다.[11] 이동을 했다면 그건 아마도 이동할 필요가 있었거나 수행할 의무가 있었기 때문일 것이다. 어쩌면 상인이었을 것이다. 아니면 군인이었을 것이다. 여행을 하는 이유와 이동 방식에 따라 무엇을 가지고 갈지가 결정되었다. 여행을 위한 물품은 여행자의 필요, 욕구, 취향에 따라 발전해왔다. 중세 유럽의 귀족들은 때때로 문장紋章으로 장식된 궤를 가지고 여행했다. 그 상자들은 가죽이나 나무, 쇠로 만들어진 경우가 많았고, 악천후와 도난 사고로부터 물건들을 보호할 수 있게 디자인되었다. 그것들은 집안의 휴대 가능한 재산이었다. 트렁크나 궤는 가구 역할도 했다. 그렇다고 모든 사람이 트렁크를 휴대하고 여행하지는 않았다. 순례 여행이라면 단출하게 짐을 꾸려야 했다. 중세 절정기에 순례자들은 로마, 영국의 캔터베리대성당, 스페인 북서부의 산티아고데콤포스텔라 등의 성지를 여행했다. 성 야고보 같은 순례자들은 지팡이를 들고 챙이 넓은 모자를 쓰고 조개 모양의 휘장을 단 채 조그만 가방을 가지고 다니는 모습으로 자주 묘사되었다. 기도서가 담긴 상자, 물병, 주머니 등이 지팡이 또는 벨트 고리에 매달려 있기도 했다.[12] 밀라노의 산토 브라스카는 순례자들에게 금과 은, 음식(소시지, 설탕, 설탕 절임 식품, 과일 시럽 등), 베네치아 화폐 100두카트를 각각 가득 채운 여분의 가방 두 개를 가지고 다니라고 조언했다. 가방 하나로는 여행 경비를 충당하고 다른 하나로는 질병 "또는 다른 상황들"[13]을 대비하라는 뜻이었다. 어떤 순례자들은 성물을 운반하기 위해 작은 용기들을 지니고 다녔다. 이 용기들은 수하물이자 장신구이자 기념품이었다. 순례자들은 자신이 방문하는 성지에 전례용 그릇과 정교한 사제 예복을 포함해 제물을 가져가는 것이 관례였다. 초서의 『캔터베리 이야기』에서 면죄사免罪師는 가짜 성물이 담긴 짐꾸러미를 가지고 다닌다. 그는 돼지 뼈를 성유물인 양 판다.

그러나 순례 여행은 여가활동이 아니라 종교활동이었다.[14] 순례는 "참회하고 나쁜 생각을 몰아내는 일"[15]로서의 여행이었다. 오늘날 여행에 대해 이야기할 때, 우리는 그것을 여가활동과 연관 짓는 경향이 있다. 휴가 말이다. 관광은 즐거움과 오락을 추구하는 행위이며, 사물과 장소를 모두 소비하는 일이다. 19세기 중반 이전에 '휴가vacation'는 오락이나 여행을 위해 따로 떼어놓는 시간을 뜻하지 않았다. 학교 또는 대학에서 학생과 교사들이 쉬는 시간을 의미했다.[16] 오늘날 관광은 세계 최대의 서비스 산업이다. 이 산업은 종종 '여행journey'에 탐색과 중세의 순례 전통을 끌어들이려 하지만, 사실 여행의 기원은 유럽의 그랜드투어에 있다.[17] 프랜시스 베이컨 경이 1625년에 발표한 에세이 「여행에 대하여」에서 개괄적으로 설명했듯이, 17세기부터 그랜드투어라는 장기여행이 교육의 한 형태이자 경험을 얻는 수단으로서 (주로 영국) 귀족들에 의해 수행되었다. 200년 동안 그랜드투어는 자존심 강한 혹은 야심 넘치는 영국 신사라면 누구나 해야 하는 일이었다.[18] 이런 전통이 19세기에 와서 시민들에게 여행의 길을 열어주었다.[19] 그랜드투어를 수행하는 사람들은 지식과 즐거움을 추구했다. '관광객tourist'이라는 용어는 1800년에야 등장했지만, 따지고 보면 그들도 일종이 관광객이었다. 그리고 많은 짐을 가지고 다녔다. 그들의 트렁크에는 정교한 캐비닛과 서랍이 달린 경우가 많았고, 그건 벽장이나 옷장을 가져가는 것과 다르지 않았다.[20] 때때로 그들은 배로 여행했다. 때로는 귀중품을 위한 가짜 바닥이나 다른 비밀 공간이 갖춰진 "무겁고 높이가 높고 독점적이고 사적이며 값비싼 비非 혹은 반反 평민 교통수단인" 마차를 타고 여행했다.[21] 이런 마차들은 어떤 의미에서는 수하물이기도 했다. 그랜드투어를 하는 신사들은 하인들과 함께 여행할 때가 많았으므로 트렁크를 스스로 관리하지 않아도 되었다.

때로는 여행자와 그의 수하물을 구분하기가 어려웠다. 사람이 곧 물건이 된 것이다. 작가 미상의 17세기 프랑스 에칭 작품 〈여행가방 제작자의 의상〉은 양팔 밑에 트렁크를 하나씩 끼고 벨트에 주머니 여러 개를 매달고 어깨에 주머니들을 걸치고 머리 위에 트렁크 하나를 인(마치 모자를 쓴 것처럼) 한 남자의 모습을 묘사하고 있다. 이 장인은 스스로를 수하물로 변모시켰다. 효율성과 호사의 화신이다. 그는 마차를 타지 않았다. 말을 타고 있지도 않다. 이 모든 물건을 몸에 지닌 채 걸어서 여행 중이다. 그는 그 자신의 창조물이다. 심지어 그의 상반신은 마치 트렁크처럼 보인다.

자크 조제프 티소의 그림 〈기차를 기다리며(윌즈덴 교차로)〉(1871~1873)를 보면, 한 여성이 자신의 트렁크와 가방들에 둘러싸인 채 런던 북부의 기차역 플랫폼에 서 있다. 여기서도 그녀의 소지품이 우위를 차지한다. 그녀 자신보다는 그녀가 가지고 다니는 물건들이 더 눈길을 사로잡는다.

Habit de Mallettier Coffrettier

작가 미상, 〈여행가방 제작자의 의상〉, 1690, 에칭,
니콜라 드 라르메생 2세의 영향을 받음.
메트로폴리탄미술관 소장품.

여행가방

그녀는 꽃다발과 우산과 숄을 팔에 끼고 있다. 이 것들은 부르주아의 여행이란 그 사람이 가지고 다니는 물건에 의해 정의된다는 걸 상기시킨다. 또한 물건으로 가득한 팔은 그녀가 자신의 가방들을 직접 운반하지 않을 것임을 암시한다. 기차가 도착하면 아직 보이지 않는 짐꾼이 그 가방들을 기차 안으로 옮길 것이다. 이 그림은 그랜드투어와는 매우 다른 종류의 여행을 묘사한다. 한 여성이 새로운 방식으로, 즉 기차로 여행을 하는 것이다. 그녀는 기다리고 있다. 이는 기차여행의 중요한 부분이다. 그녀는 일정을 따라야 한다.

나폴레옹전쟁 동안에는 유럽인들에게 여행이 제한되거나 불가능했지만, 전쟁이 끝나고 몇 년 동안 여행 기술은 큰 진전을 이루었다. 가장 주목할 만한 것은 증기기관이었다. 기차여행은 1800년대 초에 시작됐고, 1860~1880년대에는 기차 안에 침대칸과 식당칸이 생겨 여행자들에게 편리함을 더해주었다.[22] 철도는 대중관광을 가능하게 해주었다. 그리고 트렁크가 인기 있는 여행가방의 형태로 머물러 있는 동안, 여행가방 디자인

자크 조제프 티소, 〈기차를 기다리며(윌즈덴 교차로)〉,
1871~1873, 패널에 유채, 더니든공공미술관 소장품.

여행가방

은 여관이나 호텔로 가는 여행자들의 필요에 점점 더 부응했다.[23] 커트러리, 컵, 양념통, 코르크 따개가 포함된 식사도구 세트, 남성용과 여성용 화장실 용품 케이스(유리, 은, 귀갑龜甲 또는 상아로 만들어졌다), 개인 소지품을 담아 운반하기 위한 패턴이 그려진 뻣뻣한 판지 상자, 꼭 맞는 덮개를 여닫아 사용하며 상단에 수납 공간이 있는 원통형 디자인의 대형 가죽 여행가방 등을 구입할 수 있게 되었다.[24] 대형 여행가방 중 어떤 것들은 매우 단순했지만(그리고 안장 뒤쪽에 묶어두도록 고안되었다), 그것들의 디자인은 점차 정교해졌다. 그것들은 현대의 여행가방을 닮아가기 시작했다. 식사도구 세트는 편리했다. 여관에서 그런 것을 제공하지 않을 수도 있었기 때문이다. 또한 펜, 종이, 손전등, 찻주전자, 양초를 가지고 다닐 수도 있었다.[25] 해변으로 몰려가게 되면서 영국인들은 그들의 여행가방 안에 수영복과 비치백이 들어 있는지도 확인해야 했다.

19세기에 관광은 여행의 한 형태일 뿐이었다. 여행이 항상 즐거움을 위한 것이나 중산층의 안락함을 위한 것은 아니었다. 때때로 그것은 한 장소에서 다른 장소로 가기 위한 일이었는데, 그것은 불편하고 위험할 수도 있었다. 이때는 증기선과 범선의 시대였다. 오늘날에는 미국인 일곱 명중 한 명이 크루즈 여행을 한다.[26] 크루즈업계에서는 고객들이 크루즈가 증기선과 원양 정기선의 직계후손이라고 믿기를 바라지만 사실은 그렇지가 않다. 19세기 초의 증기선들은 "세기 초에 여객 운송을 정의했던 대규모 이민 무역의 경제학에 기반을 두었다. (…) 갑판 위 호화로운 일등석의 세계와 아래층 비좁은 공간 사이의 엄격한 계층화 말이다."[27] 아래층 승객들은 "말하는 화물"이라고 불렸고, 삼등석에서 여행하는 사람들은 화물칸과 다를 것 없는 공간에 머물렀다.[28] 이 시기의

여행가방

범선들은 삼등석 승객들의 사망률이 10퍼센트를 상회한다고 해서 "관선棺船"이라는 별명으로 불렸다.[29] 19세기 후반에 가서는 증기선 기술이 발전해 여건이 조금 개선되고 이동 시간도 짧아졌다. 그러나 여전히 이 여행을 사치스럽다고 하기는 힘들었다. 제1차세계대전과 함께 삼등석 승객들을 위한 환기, 화장실, 수돗물 공급이 이루어졌지만 미국으로의 대규모 이주 또한 끝을 맞이했다.[30]

1860년대에 그레이트이스턴호는 3천 명의 승객을 태우고 온수 목욕부터 고급 음식과 샴페인에 이르기까지 온갖 종류의 사치를 즐기며 12일에 걸쳐 대서양을 횡단했다.[31] 부유한 여행자들에게 여행가방은 오로지 소지품을 보호하기 위한 것만은 아니었다. 그것은 또한 그들의 계층을 분명하게 드러냈다. 대서양 횡단 여행을 할 때 짐을 얼마나 많이 가지고 가는가 하는 것은 돈이 얼마나 많은가에 달려 있었다. 1930년대까지 최고급 원양 정기선에서는 약식 야회복으로 흰색 나비넥타이를 매야 했다. 그것은 평범한 낮과 저녁에 필요한 의상

중 하나일 뿐이었다. 일등석 승객의 경우 하루 동안 갈아입을 옷 네 벌을 포함해 여행가방 스무 개를 가져오는 것이 표준이었다.[32] 그 여행가방들 중 옷걸이와 서랍이 달려 휴대용 벽장과 비슷한 증기선 트렁크steamer trunk를 포함해 일부만 객실에 보관되었다. 이후 루이비통 트렁크가 등장했다. 루이비통사社는 1854년 파리 뇌브데카퓌신 거리 4번지에 설립되었고, 나무·캔버스·황동·철로 된 트렁크로 유명해졌다. 루이비통 트렁크는 주문 제작할 수도 있었다. 신발 30켤레가 들어가는 트렁크를 주문할 수도 있는 것이다. 이 회사는 심지어 열기구 옆면에 부착하는 여행가방도 만들었다(2007년 루이비통은 웨스 앤더슨의 영화 〈다즐링 주식회사〉를 위한 맞춤형 여행가방을 디자인하기도 했다).

여행가방

부유한 여행자들은 자기들의 여행가방을 직접 처리하지 않기 때문에 짐 꾸리기의 제한 사항을 몸에 익힐 필요가 없었다. 집꾼들이 그것을 배와 기차 안팎으로 옮겼다. 20세기 초까지 런던의 기차역은 집꾼들을 고용했다.[33] 미국에서는 예전에 노예였다가 조지 풀먼에게 고용되어 기차 침대칸에서 일하는 사람들이 '풀먼 집꾼'이라는 명칭으로 불렸다. 「짐 크로 법」*하에서 그들은 백인 승객들의 가방을 그들은 탈 수 없는 객차 안팎으로 옮겼다. 1925년에 그들은 최초의 흑인연합인 침대칸집꾼형제단Brotherhood of the Sleeping Car Porters을 결성했고, 이 단체는 인권운동의 발전과 미국 흑인 중산층 확립의 중심이 되었다.[34]

제1차세계대전 전후의 몇 년은 미국의 관광산업 발전에서 매우 중요한 시기였다. 전쟁이 발발하자 미국인들은 유럽 휴양지에 갈 수 없게 되었

---

* 1876년부터 1965년까지 미국 남부에서 시행된 법으로, 공공장소에서 흑인과 백인의 분리와 차별을 규정했다.

고, 세기 전환기의 관광 슬로건인 "미국을 먼저 보자See America First"에 부합하는 애국심이 붐을 일으켰다. 철도가 확장되고 도로 상태가 개선되었다. 20세기의 첫 30년 동안 미국 국립공원들이 대중화되었다.[35] 대중관광은 대공황 기간에 계속 확장되었는데, 대체로 세기 초 수십 년 동안 임원에서 사무직에 이르기까지 화이트칼라 임금노동자가 승진하고 유급휴가가 2주간으로 늘어난 덕분이었다.[36] 1927년에 대서양 횡단 비행을 한 찰스 린드버그는 미국인들의 상상 속에 국제 항공여행을 미화했으며, 주요 항공사인 트랜스월드에어라인TWA과 팬아메리칸항공 두 곳이 그에게 자문했다. TWA는 "린드버그 라인"을 자칭했다.[37] 하지만 1930년대 중반까지 유럽과 북미에서 장거리

여행가방

항공여행은 기차나 배를 이용한 여행보다 여전히 드물었다.[38]

　　1920년대에는 자동차 여행이 대중화되었고 그 후 수십 년 동안 항공여행이 증가했다. 오늘날 비행의 두려움에 관해 불평하고 과거를 낭만적으로 묘사할 때, 우리는 1939년에 팬암의 보잉 314 클리퍼로 뉴욕에서 파리까지 왕복하는 항공 요금이 750달러였다는 걸 기억해야 한다. 오늘날의 화폐 가치로는 1만 1천 달러가 훌쩍 넘는 금액이다. 1970년에 뉴욕에서 하와이까지의 항공 요금은 2700달러에 달했다. 707과 747 같은 항공기가 장거리 항공여행을 감당할 만한 수준으로 만들어주었다.[39] 엘리자베스 베커가 기록했듯이, "1960년대에는 제트기 대중관광 시대가 도래했다. 1958년에 팬아메리칸항공의 707 항공기가 뉴욕에서 브뤼셀로 날아갔다. 연료 재공급 없이 논스톱으로 대서양을 가로지른 최초의 상업 제트기 비행이었다. (…) 이후 요금이 더 떨어지고 저렴한 항공편들이 뒤따랐다. 유럽 국가들은 여권 제한 조건을 완화했고, 관광을 중요한 경제 엔진으

로 보기 시작했다."[40] 1960년에 아서 프로머의
『하루 5달러로 유럽』이 출간되어 중산층 미국인
들에게 실용적인 여행 요령을 알려주었고, 미국
인들이 유럽 휴가를 할 만한 것으로 다시 보게 된
다. 제2차세계대전 이후 베를린에 주둔했던 군인
프로머는 몇 달에 걸친 귀족들의 그랜드투어가 아
닌, 중산층이 즐길 수 있는 몇 주간의 투어로 유럽
을 패키지화했다.[41] 1970년대에는 '여행 및 관광
복합' 산업이 미국 신문들의 최대 광고주였다.[42]
여행객은 관광객이었고, 관광에는 제2차세계대
전 이후 대중화된 카메라 가방, 숄더백, 배낭 등 고
유한 수하물이 따랐다. 그뿐만 아니라 "관광지 자
체의 도덕적 구조, 특정한 장소들을 반드시 보아
야 한다는 집단적 감각"이 생겨났다.[43] 1946년

여행가방

델시사가 설립되어 카메라를 넣는 가죽 케이스를 제조했다. 관광은 의무이자 의례였으며, 관광객은 필요한 물건들을 정확하게 꾸림으로써 그 의식을 준비해야 했다. 프로머는 사람들이 보게 될 관광지들에 관한 정보를 제공하는 데는 관심이 없었다. 19세기의 『베데커』* 가이드도 마찬가지였다. 프로머는 낯선 나라들을 어떻게 항해할지에 대해 주로 이야기했다. 그는 여행이 부자인 사람들만 할 수 있는 일이라는 부담감, 그리고 걱정을 덜어주었다.

기차, 자동차, 비행기로 여행하는 사람들에겐 여행가방이 필요했다. 19세기에는 섬유나 가죽, 또는 악어가죽으로 여행가방을 만들었으며, 시간이 흐르면서 점점 더 화려해졌다.[44] 리넨, 울, 인조가죽도 인기 있는 소재였다. 정장을 넣어 운반하기 위한 이런 가방의 골조는 나무나 강철이었고, 황동이나 가죽 캡을 씌워 모서리를 둥글게 만

* 1827년 7월 1일 독일의 출판업자 카를 베데커가 창간한 여행 안내서.

든 경우가 많았다.[45] 20세기 들어 소재에 변화가 일어났다. 나일론, 알루미늄, 폴리에스터가 대세가 되었다. 아메리칸투어리스터는 1933년 로드아일랜드주 프로비던스에서 설립되었는데, 1945년에 항공여행을 위한 경량 '하이 테이퍼Hi-Taper' 가방을 제조했다. 이 회사는 1960년대에 틀로 찍어낸 여행가방—항공여행으로 인한 마모를 견딜 수 있는 단단한 재질의 가방—을 최초로 고안했고, 주요 항공사의 승무원들과 함께 그 가방들을 테스트했다. 1877년 밀워키에서 가죽제품 제조회사로 설립된 하트만은 1956년 테네시주에 생산 공장을 열었다. 1910년에는 덴버에 슈와이더 트렁크제조회사가 설립되었다. 이 회사의 사장 제시 슈와이더는 자신이 만든 첫번째 트렁크 디자인 중 하나에 성서에 나오는 힘센 남자 삼손의 이름을 붙였다. 그리고 1966년, 이 회사의 이름은 샘소나이트가 되었다. 그 시절의 여행가방들은 오늘날의 것보다 무게가 많이 나갔다. 안이 비어 있을 때조차 말이다. 이 가방들은 마치 상자처럼 보였고 느낌도 그랬다. 1972년에야 현재의 바퀴 달린 가방과 비슷한 여행가방이 등장했다. 버나드 새도라는 남자가 여행가방에 바퀴 네 개와 짧은 가죽 손잡이 하나를 달았고, 이 고안에 대한 특허를 짧은 기간 보유했다.[46] 이는 영화 〈로맨싱 스톤〉(1984)에서 조앤 와일더가 뒤로 끌었던 것과 같은 종류의 가방이다. 영화 속에서 여행가방은 하이힐과 함께 그녀가 자신이 처한 거친 정글 환경에 적합하지 않다는 것을 보여주고, 잭 T. 콜턴은 결국 그녀의 도시적 행동 방식에 인내심을 잃고 그 여행가방을 산골짜기에 던져버린다. 오랜 여성혐오적 클리셰로 여자는 짐을 잘 못 꾸리고 수많은 물건 없이는 못 산다는 농담이 있으나 기실 그 여행가방 디자인은 그다지 실용적이지 않았다. 그 가방을 바닥에 끌면 금방이라도 쓰러질 듯 왼쪽 오

른쪽으로 뒤뚱거렸다. 콜롬비아의 산속 비포장도
로에서 납치된 언니를 구하려고 할 땐 더욱 그랬
다. 이제 그런 여행가방은 과거의 유물이 되었다.
1987년 노스웨스트항공의 조종사 로버트 플라스
는 여행가방이 방향을 세로 놓는 가로로 마음대로
바꾸고 공간을 확장할 수 있게 만들었다. 이것이
요즘 어디서든 볼 수 있는 바퀴 달린 여행가방의
탄생이다. 처음에는 비행기 승무원들만 이 여행가
방을 살 수 있었다. 그러다 이 가방이 널리 사용되
면서 여행자들은 더이상 수하물을 위탁할 필요가
없어졌고, 그로부터 1년이 지나지 않아 미국연방
항공국FAA이 기내 반입용 여행가방에 대한 지침을
세웠다.[47]

수하물에 규정이 생겼다. 최초의 수하물 규정

은 1938년에 제정되었다. 민간항공위원회는 수하물의 무게를 국내선의 경우 40파운드(약 18킬로그램), 국제선의 경우 44파운드(약 20킬로그램)로 제한했다. 수하물을 실을 공간이 한정되어 있었으므로 유용한 제한 조치였다. 비행기의 크기가 커지면서 허용되는 수하물의 무게도 늘어났다. 1970년대 후반에는 승객들이 각각 70파운드(약 32킬로그램) 이하의 가방 두 개를 무료로 위탁할 수 있었다. 피플익스프레스항공은 무게에 상관없이 수하물에 요금을 부과한 최초의 국내선 항공사였다. 2010년에는 사실상 모든 항공사의 국내선이 위탁 수하물에 요금을 부과했다.[48] 이러한 관행은 '개별 가격 정책'의 일환이며, (기내식에서) 요리마다 개별 가격을 청구하는 관행과 마찬가지로 항공사가 수익을 올리는 주요 수단이다.[49] 이제 민간 항공사들은 기내용 여행가방을 포함해 승객 한 명당 총 190파운드(약 86킬로그램)의 무게 제한을 둔다. 위탁 수하물의 경우는 한 개당 무게가 30파운드(약 13킬로그램) 이하여야 한다. 승객이 400명 탑승한다고 할 때 수하물의 총 무게가 약

3만 4천 킬로그램인 셈인데, 이것은 완전히 적재된 747기의 총 무게 중 10퍼센트에 불과하다(연료가 비행기 전체 부피의 3분의 1 이상을 차지하는 경우가 많다).[50] 영국 큐나드 라인의 정기 여객선 퀸메리호를 타면 여전히 수하물을 무제한으로 싣고 여행할 수 있다. 시간이 흐르면서 여행가방 디자인과 내부 공간이 표준화되었다.[51] 하지만 수하물에 대한 표준은 아직 존재하지 않는다. 이것이 사물의 교훈 중 하나다.

이것은 여행가방 그리고 여행에 대한 이야기다.

나는 애틀랜타에서 열리는 학회에 갈 예정이고 짐을 꾸려야 한다. 사흘 동안 셰익스피어에 관한 세미나와 토론, 강연이 열린다. 그러나 몇 주 전 I-85 구간의 도로가 무너진 바람에 다른 길을 택하기로 했다. 경치 좋은 길. 드라이브하는 기분이다. 나는 지도책을 꺼내 노스캐롤라이나주 중부의 내 집에서 애틀랜타 북쪽 한 시간 거리에 있는 바이에른식 마을인 조지아주 헬렌까지의 여행을 계획한다. 늦은 아침이니 빨리 차를 준비해 출발하면 괜찮을 것이다. 오늘 밤 헬렌에 머물고 내일 도시로 향할 수 있다. 그리고 학회에 참석하는 동안 내 반려견 밀리를 차에 태우고 다닐 수 있다. 우리가 항상 함께하는 장거리 자동차 여행은 나를 행복하게 만든다.

나는 벽장을 이리저리 뒤져 단단한 재질의 오렌지색 여행가방을 선택한다. 그 가방은 아주 크지는 않지만 휴대용 사이즈라고 할 수도 없다. 어차피 자동차 여행을 할 때는 짐을 효율적으로 꾸리지 않아도 된다. 자동차가 곧 여행가방이 될 수 있으니까. 어떤 물건들은 이미 내 자동차 안에 있다. 글러브박스 안에 인스턴트커피, 코르크 따개, 여행용 알람시계가 있다. 그리고 이런 것들도 있다. 선블록 크림, 벌레 퇴치용 스프레이, 우산, 토트백, 피크닉용 매트, 지도, 그리고 20년 전 내 음악 취향을 보여주되 몇몇 예외를 제외하면 전반적으로 괜찮게 여겨지는 대학 시절에 만든 CD 바인더. 이는 내가 운전할 때 인디고걸스의 노래를 많이 듣는다는 뜻이다. 20년이 지났어도 나는 여전히 〈갈릴레오〉*를 이해하지 못한다고 분명하게 말할 수 있다.

내 짐 싸기 기술은 시원치 않다. 작은 여행가방을 들고 비행기를 탄다면 필요한 물건들을 더 정확하게 준비할 것이다. 하지만 지금은 필요한 것보다 더 넓은 공간이 있다. 나는 이 여행가방의 디자인을 좋아한다. 열면 같은 사이즈의 양쪽 면이 마치 서랍처

여행가방

럼 눈앞에 펼쳐지고, 지퍼가 모두 닫혀 있어 너무도 침착하고 안전하게 느껴진다. 나는 가방 한쪽 면에 학회를 위한 옷(스커트, 블라우스, 스타킹, 멋진 재킷, 보석류, 작은 핸드백, 책가방)을, 그리고 다른 쪽 면에는 여행을 위한 옷을 꾸린다. 학회의 어떤 상황에서든 어울릴 굽 높은 구두 한 켤레도 꾸린다. 어떤 사람들은 신발을 작은 파우치에 따로 담아 여행가방 안에 넣지만, 나는 그냥 구두 밑창이 가방 바깥쪽을 향하도록 돌려서 넣는다. 나에게는 수년에 걸쳐 우연히 정착된 장거리 자동차 여행용 유니폼이 있다. 며칠 동안 연이어 입을 수 있는 검은색 면 스커트 한 벌(혹은 두 벌), 남성용 흰색 민소매 티셔츠(낡아서 해지면 한 팩 더 산다), 그리고 허리둘레에 묶는 큼직한 사롱 스카프 하나. 분위기 전환을 위해 스카프 두어 개를 더 가져간다. 이 모든 것은 도로 여행에 딱 알맞다. 화장품과 학회를 위한 물건들도 있다. 노트북과 종이와 책인데, 몇 권은 일과 관련된 책(셰익스피어)

---

* 미국의 포크록 듀오 인디고걸스가 1992년에 발표한 노래.

51

이고 몇 권은 일과 상관없는 책(대부분은 셰익스피어가 아닌 다른 작가가 쓴 시집)이다. 그리고 안경. 나는 타깃에서 산 금귀고리와 몇 년 전 뉴욕역사협회의 기념품 상점에서 구입해 거의 매일 착용해온 금색과 검은색으로 된 커다란 에나멜 목걸이, 그리고 시계를 찼다. 모조 보석들도 전부.

자동차 안에 여행가방을 싣고 유용하게 쓰일 손전등과 접이식 의자를 던져넣는다. 그런 다음 밀리의 사료, 방석, 그릇을 챙긴다. 버번위스키 한 병, 물 두 병, 그리고 선글라스도. 밀리가 뒷좌석으로 뛰어오른다. 나는 밀리에게 안전벨트를 채우고, 점심때쯤 우리는 현실에서 벗어나 가상의 알프스를 향해 떠난다.

1. 여행가방과 비밀들

여행가방은 비밀을 간직하고 있다. 비밀들 중 어떤 것은 트렁크와 여행가방에 속하고 어떤 것은 아니다. 그것들은 역사에 속할 수도 있고, 한 사람에게 속할 수도 있고, 아무것에도 안 속할 수도 있다. 이러한 비밀들 중 어떤 것은 드러나고, 어떤 것은 숨겨지거나 봉쇄된다. 아마도 가방이 너무도 암시적이어서 우리가 가방 안에 비밀을 담고 싶어 하는지도 모른다. 공허함 또는 충만함 속에서 여행가방은 제 이상의 것을 암시한다. 지퍼로 잠긴 것도 아니고 그냥 닫혀만 있더라도 여행가방은 협탁이나 약장처럼 접근이 금지된다. 여행가방은 사적인 물건이면서 공개적으로 함께 간다. 우리는 다른 사람의 가방을 뒤지지 않는다. 세관에서 이런 일이 일어날 경우, 위탁 수하물이 검색대를 통과할 때처럼 약간의 침해행위로 느껴진다. 이 경우 당신은 침해행위가 일어났음을 알리는 종이 한 장을 받게 되고, 당신의 소지품은 그들의 침해행위를 드러내며 불완전한 모양새로 당신에게 돌아온다.

테네시 윌리엄스의 『욕망이라는 이름의 전차』에서, 스탠리는 블랑슈의 트렁크를 이리저리 뒤지며 그 안에 든 물건들을 방안에 마구 던진다. 이는 그녀의 몸에 대한 그의 침해행위—두 번의 공격 중 첫번째 공격이다—이며 그는 그녀의 개인 소지품을 거칠게 다룸으로써 그녀가 그의 집에서 어떠한 비밀도 가져서는 안 된다는 것을 분명히 한다. 블랑슈의 트렁크는 여행가방이자 가구이자 극 중 역할이며 무겁고 다루기 힘든 무대 위의 존재로, 그녀 자신의 연약하면서도 강철 같은 육체성을 반영한다. 무엇보다 여기에는 그녀의 잃어버린 조상의 집인 벨리브에 대한 기록이 담겨 있다. 그 트렁크는 무대 위의 벨리브이다. 트렁크 안에 담긴, 상태가 좋지 않은 서류들은 그 이상적인 집에 무슨 일이 일어났는지 스탠리에게 알려줄 것이다. 스탠리가 (아내가 상속받을 재산을 사취하지 않았음을 증명하도록) 그 서류들을 보게 해달라고 요청하자, 블랑슈는 "내가 소유한 모든 것은 그 트렁크 안에 있어요"라고 말하면서 트렁크의 한계뿐 아니라 그녀 인생의 한계도 설명한다. 스탠리가 트렁크의 칸들을 열기 시작하고, 그녀는 화가 나서 "수백 년간 이어져내려온 종이 수천 장"으로 가득한 양철 상자를 그에게 건네주며 호소한다. "여기에 그것들이 있어요. 서류들 전부요! 이것들을 당신에게 줄게요! 가져가서 숙독하세요. 내용을 잘 기억해두세요! 난 마침내 벨리브가 당신의 크고 유능한 손안에서 낡은 서류 뭉치가 되는 것이 놀랍도록 적절한 일이라고 생각해요!"[1] 그 집은 서류 뭉치에 불과하며, 블랑슈는 서류를 읽는 사람이 그 내용을 이해하지 못할 것임을 안다.

그 트렁크는 블랑슈에게 사적인 것이다. 트렁크의 내면성은 곧 그녀의 내면성이다. 어맨더 비커리는 조지 왕조 시대의 런던 주택들에 관한 연구에서 프라이버시에 대한 합의가 집안뿐만 아니라 잠긴 트렁크, 상자, 벽장 및 칸들과도 관련 있었다고 말한다. 하인들은 개인 침실은 고사하고 침실 자체를 제공받지 못하는 경우도 많았지만 소지품을 보관할 자물쇠 달린 상자를 갖고 있었다. 그런 자물쇠 달린 상자와 궤는 물건뿐만 아니라 비밀까지 보호할 수 있는 방편이었다. 그것은 아무것도 없다시피 한 세상에서 그들 자신만의 공간이었다. 귀중품을 몸에 지녀 보관하는 방법을 선택할 수도 있었다. 옷에 달린 주머니, 휴대용 주머니, 혹은 로켓* 안에.[2] 어떤 상자는 다른 것들보다 휴대하기가 좋았다. 윌리엄 호가스의 1732년작 동판화〈매춘부의 일대기〉†의 초회판에서 몰 해커바웃은 커다란 트렁크 하나를 가지고 런던에 도착한다. 마지막에 그녀가 죽고 그녀의 트렁크는 샅샅이 풀어 헤쳐진다.[3]

스파이 스릴러와 미스터리 영화들은 여행가방이 비밀 유지의 상징이라는 사실을 안다. 특히 가방이 은색 알루미늄 소재라면 더욱 그렇다. 존 르카레의 소설에서 여행가방 혹은 서류가방에는 일급 비밀문서, 출처를 알 수 없는 지폐, 도난당한 보석이 담겨 있을 가능성이 크다. 모든 경우에 내용물의 은밀함이 그 가치를 부각한다. 이런 장치는 〈위대한 레보스키〉(1998)에서 패러디되었다. 월터가 알루미늄 여행가방 안에 가득 담긴 돈을 더

* 사진 등을 넣어 목걸이에 다는 작은 갑.

† 순진한 시골 처녀 몰 해커바웃이 런던에 와서 매춘부가 되고 세상을 떠나게 되는 이야기를 묘사한 여섯 점으로 이루어진 동판화 연작.

러운 세탁물과 바꿔치기한 뒤 다리 너머로 던지
는 장면 말이다. 그는 "내 더러운 속옷…… 빨랫
감…… 흰옷들"이라고 말한다. 이 무가치한 '바
꿔치기'는 (존재하지 않는 것이나 마찬가지인) 줄
거리를 이끌어야 할 납치 사건조차 일어나지 않은
이 영화와 어울린다. 〈덤 앤 더머〉(1994)에서는
돈으로 가득 차 있어야 할 여행가방 안에 차용증
만 들어 있다는 사실이 밝혀지고, 로이드 크리스
마스(짐 캐리)는 그것을 "돈만큼이나 좋다"고 여
긴다. 그가 그 돈을 몽땅 써버렸기 때문이다. 또한
로이드는 여행가방 브랜드와 모노그램의 차이를
이해하지 못해 그 여행가방이 '샘소나이트'라는
이름을 가진 남자의 것이라고 생각한다.

　여행가방 안에는 거기에 있어서는 안 되는 물

건이 든 경우가 많다. 대개 밀수품이다. 예술가 테린 사이먼은 뉴욕시 존F케네디국제공항의 미국관세국경보호청 연방검사장과 미국우편서비스 국제우편시설에서 5일 밤낮(2009년 11월 16~20일) 동안 그곳에 보관된 물건들의 사진을 찍었다. 한스 울리히 오브리스트는 가고시안갤러리의 전시품 카탈로그에 실린 소개글에서 그곳들을 "밀수품을 위한 공간, 미국과 다른 국가들 사이의 공간"이라고 말했다.[4] 또한 그는 그 '밀수품' 프로젝트가 "국제 운송, 금지 품목들의 국제 유통, 특히 아시아 신흥 개발도상국들로의 생산시설 이전으로 인해 서구시장에 넘쳐나게 된 모조 상품들의 흐름에 대한 확장된 연구"라고 말한다.[5] 압수 및 유치된 물건들을 찍은 사이먼의 1075장의 사진들은 잊힌 물건 5천 점을 모은 크리스티앙 볼탕스키의 〈분실물―전차 선로〉(1994)를 연상시킨다.[6] 사이먼과 볼탕스키의 작업은 진부하거나 평범한 물건들, 칼, 라이터, 담배처럼 버려지기 전 여러 방법을 통해 일회성으로 사용되는 물건들에 구현된 역사와 이야기를 탐험한다. 사이먼은 준보석을 포함한 사치품 및 사과 같은 가치 없는 품목들을 기록했다. 그녀는 루이비통 가방 위조품과 발기부전 치료제, 청바지, 보석류, 라코스테와 랄프로렌 셔츠, 휴대폰 같은 다른 위조품들도 기록했다. 불법 복제된 영화 DVD, 피트니스 및 교육용 DVD도. 동물의 사체와 뼈, 죽은 기니피그, 사슴 피와 사슴 뿔 등 부재하고 침해받은 동물의 세계에 말을 건네는 메멘토 모리*의 오브제들도 있다. 마지막으로 그녀는 단순히 '정체불명'으로 규정된 것들, 즉 미지를 구현한 것들을 사진에 담았다. 사이먼은 우편물은 밀수품과 달리 "익명의 공간"과 "익명의 욕망을 제공한다"고 암시하면서, 밀수된 물건과 우편으로 보낸 물건을 구별했다.[7] 신체 또는 수하물을 이용해 뭔가를 밀수한다는 것은, 신체가 밀

여행가방

수품이나 공간의 개념에 연루되므로 더 개인적이다. 그 사진들에는 사람이 없다. 사람을 암시하는 물건들만 있을 뿐이다. 그 사진들은 철저함을 느끼게 하면서도 철저함의 불가능성을 강조한다. 그 작업을 하는 동안 사이먼 자신은 잠을 빼앗겼다. 그녀는 딱 한 번 샤워를 했다.[8] 밀수된 그 물건들은 그녀의 사진에 포착되어 정지 상태가 되었다. 그 고요함은 그 물건들이 움직임, 한 장소에서 다른 장소로의 움직임, 그리고 그 움직임의 중단에 의해 정의됨을 상기시킨다.

때때로 여행가방 속에 실제로 사진이 든 경우도 있다. 2007년 로버트 카파, 침(데이비드 시모어), 게르다 타로가 스페인 내전을 촬영한 35밀리미터 네거티브 필름 4500장이 담긴 필름 롤 세 상자가 뉴욕시 국제사진센터에 도착했다. 이 자료는 로버트의 남동생이자 이 센터의 설립자인 코넬 카파에게 전달되었다. 그 필름들은 1939년 이후 유실

* memento mori. '죽음을 기억하라'라는 뜻의 라틴어.

되었다가 멕시코시티에서, 비시 프랑스 주재 멕시코 대사였던 사람의 개인 소지품에서 발견되었다. 이 발견은 그 필름들이 담긴 여행가방이 존재했다가 제2차세계대전 중에 유실되었다는 소문을 입증했다.[9] 그 가방에는 폭력의 역사가 담겨 있다. 과거에 말을 건네는, 과거에 관해 말하는 이미지들. 여행가방 안에서 발견된 전쟁 기록은 이 사진들만이 아니다. 2015년에 개봉한 영화〈스윗 프랑세즈〉는 프랑스 작가 이렌 네미롭스키의 소설 두 편 중 첫번째 소설인『6월의 폭풍』을 각색한 작품이다. 그 소설은 네미롭스키의 딸들이 여행가방 안에서 발견해 2004년에 출판했다. 딸들은 어머니의 노트를 보관해오면서도 그것이 사적인 일기라고 생각해 자세히 검토하지 않았다. 이 소설에는 1940년 6월 파리 폭격 이후 나치의 비시 점령과 도시에서 그곳으로 온 피란민들의 이야기가 담겨 있으며, 프랑스 여성과 독일 군인 사이에 피어난 사랑도 그려진다. 네미롭스키는 다섯 권으로 이루어진 연작소설을 쓸 계획이었으나, 1942년 유대인이라는 이유로 체포 및 강제 추방되어 아우슈비츠에서 사망했다. 영화 마지막 부분에서 저자의 자필 원고가 스크린에 등장하고 엔딩 크레디트가 올라간다. 이는 물건들이 어떻게 그 주인은 보호하지 못하는 방식으로 여행가방 안에 담겨 보호되는지를 상기시킨다.

때때로 여행가방은 더 개인적이고 사적인 역사를 보유한다. 2015년에 네덜란드의 어느 가죽 트렁크에서 17세기의 배달 불가 편지 더미가 발견되었다. 2600통의 편지가 담긴 그 트렁크는 1926년 헤이그의 우편박물관에 기증되었지만 제대로 연구되지 않았다. 그 편지들은 6개 언어로 쓰였고 농민, 상인, 귀족의 일상에 관해 이야기한다. 그 편지들은 1676년부터 1707년까지 헤이그의 우체국장이었던 시몽 드 브리엔과 그의 아내 마리아 제르맹에 의해 트렁크 안에 안전하게 보관되었으나 수취인들은 결국 그것을 찾으러 오지 않았다.[10] 배달되지 않은 편지는 '죽은'* 것이다. 편지의 생명은 읽는 행위를 통해 수취인과 연결된다. 허먼 멜빌의 소설 『필경사 바틀비』의 끝부분에서 우리는 사람들을 당혹스럽게 하는 사무원 바틀비가 한때 배달 불가 우편물 사무소에서 일했다는 사실을 알게 된다. 화자는 그 우편물들의 내용을 상상한다. 그것은 지금은 죽은 이의 손가락을 위한 반지일 수도 있고, 은행권일 수도 있고, 사면 통지서일 수도 있고, 좋은 소식일 수도 있다. 그렇게 상상한 것들은 그에게 마지막 감탄을 불러일으킨다. "아, 바틀비여! 아, 인류여!"[11] 멜빌의 소설에서 배달 불가 편지들은 불태워졌다. 그러나 현실에서는 그것들이 수백 년 동안 가죽 트렁크 안에 안전하게 보관되다가 발견되었다. 그 트렁크는 그것들을 되살리지 못했지만 보존할 수는 있었다.

편지는 개인의 역사를 말해준다. 다른 사람의 편지를 읽는다는 것은, 그들의 이야기와 일상생활 속으로 들어가는 행위이다. 그들이 수백 년 전에 죽은 사람일지라도. 아마도 트렁크나 여행가방이 오래된 것일수록 거기에 담긴 비밀들은 더욱 매혹적이고 불법적인 것이 될 것이다. 제인 오스틴의 풍자적인 고딕소설 『노생거 사원』에서 캐서린 몰런드가 찾고 싶어하는 것이 바로 이런 종류의 비밀이다. 수도원의 손님인 캐서린은 자신의 방 "벽난로 한쪽의 움푹 들어간 곳 깊숙이 놓여 있는 커다랗고 높은 궤"[12]를 발견한다. 이 삼나무 궤와 변색된 은제 자물쇠의 모습이 그녀의 상상력을 사로잡고 "움직임 없는 경이로움"의 상태

---

* 영어로 'dead letter'는 주소 불명이거나 수신인이 사망해서 배달하지 못하는 우편물을 뜻한다.

를 유발한다. 그녀는 궤의 손잡이가 "아마도 어떤 이상한 폭력에 의해 조기에" 부서진 것을 관찰한다.[13] 궤 뚜껑에 있는 "신비한 암호"는 그것이 평범한 트렁크가 아님을 암시하며, 그녀는 그것이 자신이 방문하게 될 틸니 가족에 관한 어두운 비밀들을 드러내지 않을까 추정한다. 앤 래드클리프의 『우돌포의 비밀』이나 『숲속의 로맨스』 같은 소설에 대한 열정에 힘입어 그녀는 "떨리는 손"으로 자물쇠를 잡고 몇 인치 들어올리지만, 하녀 그리고 친구인 틸니 양의 방해를 받을 뿐이다. 틸니 양은 캐서린에 비하면 그 트렁크에 덜 흥분한다. 그 트렁크를 여는 일이 그다지 어렵지만 않다면 "가끔 모자나 보닛을 걸어두면 유용할 것 같다고 생각했다"고만 말한다.[14] 그러나 캐서린은 낙

심할 필요가 없다. 저녁식사를 마치고 방으로 돌아왔을 때(물론 격렬한 폭풍이 몰아치는 동안) 그녀는 검은색의 구식 캐비닛을 발견하고 "한눈에 보기에도 숨기려고 구멍 안 더 깊숙이 밀어넣어둔", 좋은 조짐이 느껴지는 종이 두루마리를 찾는다.[15] 자신이 그토록 갈망하는 비밀들이 거기에 담겨 있음이 틀림없다고 그녀는 확신한다. "그녀는 떨리는 손으로 그 귀중한 원고를 움켜쥐었고, 절반만 훑어보고도 거기에 적힌 글자들을 충분히 확인할 수 있었다."[16] 캐서린은 트렁크에 새겨진 암호를 읽는다. 그리고 그 신비로운 문서를 읽는다. 그녀는 독자이며 해석자이다. 그녀는 스릴 만점의 텍스트를 원한다. 실제로 그녀의 상상력은 그 방을 극히 고딕적인 공간으로 변화시킨다.

그녀 침대에 달린 커튼이 한순간 움직이는 듯했고, 또다른 순간에는 누군가 안으로 들어오려고 시도하기라도 하는 것처럼 문의 자물쇠가 흔들리는 것 같았다. 텅 빈 중얼거림이 회랑을 따라 기어다니는 듯했고, 먼 곳에서 들려오는 신음소

리에 그녀의 피가 몇 번이고 차가워졌다.[17]

캐서린의 환경은 그녀가 탐독하는 소설처럼 흥분되고 위협적인 세계로 '보일지도' 모르나, 사실 그것은 실망스러울 만큼 일상적인 세계로 드러난다. 다음날 아침 햇빛 속에서 문서 두루마리를 자세히 살펴보았을 때, 그녀는 리넨 재고품, 세탁비 청구서, 편자공이 보내온 청구서만 발견했을 따름이다.[18] 이 텍스트들이 말해주는 것은 수도원의 일상 업무 이야기뿐이다. 캐서린은 "자신이 최근에 한 상상의 터무니없음"[19]을 절실하게 느낀다. 사실 수도원에는 고유한 이야기와 비밀이 있을 것이다. 하지만 그녀가 발견한 하찮은 종잇조각에서는 그런 것들을 찾아볼 수 없다.

2003년 〈뉴욕 타임스〉 기자 릴리 코펠은 뉴욕 어퍼웨스트사이드에서 "화려한 원양 정기선 여행 시대를 연상시키는 빈티지 라벨들이 여기저기 붙은" 오래된 증기선 트렁크 안에 보관되어 있던 빨간 가죽 다이어리 한 권을 발견해 캐서린 몰런드와 같은 꿈을 실현했다.[20] 오랫동안 잊혔던 이 일기장은 플로렌스 울프슨이라는 한 여성의 삶을 14세(1929년)부터 19세까지 추적하고 있다. 그 트렁크는 82번가와 리버사이드 드라이브가 만나는 곳에 있는 전쟁 전 건물 지하층의 오래된 트렁크 수십 개 사이에 있다가 다른 트렁크들과 함께 쓰레기통에 버려졌고, 마침 그 건물에 살던 코펠이 우연히 그것을 발견했다. 그 발견에 대해 이야기하는 그녀의 어조는 캐서린과 매우 흡사하다.

언뜻 보았을 때, 50개가 넘는 트렁크와 우아한 여행가방들이 마법의 산처럼 높이 쌓여 있는 것 같았다. 마치 그것들이 루이비통 매장에 있는 그들의 후손들과 조금 떨어진 곳에서 빛을 발하는 느낌이었다. 맨 꼭대기에는 황동 리벳이 박힌 황

갈색 트렁크가 있었는데, 햇빛을 받고 있어서 마치 스포트라이트 조명을 받는 것처럼 보였다. 그것은 고급 호텔의 라벨이 붙은 질 좋은 가죽 트렁크로, 세쿼이아처럼 연식을 배반했다.[21]

코펠의 일기장 발견은 〈뉴욕 타임스〉 기사, 그리고 울프슨 개인의 역사뿐만 아니라 1920년대와 1930년대 뉴욕의 역사를 연대순으로 성실하게 기록한 책『빨간 가죽 다이어리』로 이어졌다. 실제 일기장은 책의 서문을 쓴 울프슨에게 돌아갔다.

버려지고 방치된 그 트렁크들은 창고에서 나와 폐기되었다. 또 무엇이 분실되었는지 궁금하다. 1995년 뉴욕 북부의 윌라드정신건강센터가 문을 닫았을 때, 병원 다락방에서 환자들의 소지품이 담긴 여행가방 427개가 발견되었다. 어퍼웨스트 사이드에서 발견된 트렁크들처럼 그것들도 버려진 것인지도 몰랐다. 몇 년이 지난 후 뉴욕주 정신건강국 수신부 부장 다비 페니는 트렁크들을 조사하고 그 소유자들의 이야기를 알아보기 위한 10년 프로젝트를 시작했다. 그들은 정신과 의사이자 다큐멘터리 영화 제작자인 피터 스태스트니, 사진작가 리사 린즐러와 협업해 2004년 뉴욕주립박물관에서 전시회를 열고『그들이 남긴 삶』이라는 책도 출간했다. 이렇게 여행가방은 잊힌 사람들의 삶에 접근하는 수단이 되었다. 페니, 린즐러, 스태스트니는 1916년 그 시설에 입소했던 로런스 머릭이라는 남성을 포함해 열 명의 환자에게 초점을 맞추었다. 머릭의 송아지 가죽 소재 모노그램 여행가방 안에는 면도용 머그잔 두 개, 면도솔 두 개, 멜빵 등이 들어 있었다.[22]

여행가방을 분실하면 거기에 담긴 비밀들도 분실된다. 발터 베냐민은 1940년 나치로부터 도망치기 위해 여행가방을 들고 피레네산맥을 넘었다.

2005년에 세상을 떠난 그의 산길 안내인 리사 피트코에 따르면, 그는 그 여행가방을 안에 보물이라도 든 양 소중히 간수했다고 한다. 그 안에 테오도르 아도르노의 원고가 들어 있었는지도 모른다. 베냐민 자신의 최종 원고가 들어 있었는지도 모른다. 하지만 베냐민의 소유물에 대한 판사의 보고서에는 원고에 대한 언급이 전혀 없다. 판사가 언급한 물품들은 다음과 같다. "가죽 여행가방 하나, 금시계 하나, 담배 파이프 하나, 미국 외무부가 마르세유에서 발행한 여권, 여권 사진 6장, 엑스레이 사진 한 장, 안경 하나, 각종 잡지들, 편지 여러 통, 내용 미상의 서류 몇 장, 돈 조금."[23] 이 여행가방의 비밀은 망명자의 비밀이다. 실제로 집 혹은 집의 부재는 우리가 비극적인 방식으로 고향에

여행가방

서 떨어져 있다는 표시일 수 있다. 로마에서 "흑해의 불길한 바위 해안"[24]으로 추방된 것이다. 오비디우스는 다음과 같이 썼다.

준비할 시간과 의지가 부족했다.
오랜 꾸물거림이 내 의지를 마비시켰다.
너무 무기력해서 노예나 수행원들, 옷들,
추방자에게 필요한 복장을 선택하는 데 신경을 쓰지 못했다.[25]

그는 무엇이, 또는 누가 그와 함께 갈지 감을 잡지 못한 채 출발한다. 추방자의 필요가 압박해왔음에도 그는 준비하려는 의지를 소환하지 못한다. 나중에 그는 "나의 불운한 집착인 책이여, 나를 의기소침하게 만든 것은 나 자신의 재능인데 / 내가 왜 그대와 함께 있어야 하는가?"[26]라고 말한다. 이 말은 그가 쓰고 있는 시집을 가리킬 수도 있고, 그가 추방의 무게가 실린 문학적 수하물인 책들을 가지고 왔음을 암시할 수도 있다.

오늘날 추방자나 망명자들은 물건을 가지고 다

73

니기도 하고 그러지 못하기도 한다. 화가이자 일러스트레이터인 조지 버틀러는 2012년 8월 튀르키예에서 국경을 넘어 시리아로 걸어갔고, 그곳에서 자유시리아반군의 손님으로서 아자즈 마을에서 자신이 본 내전의 모습을 그림으로 그렸다. 6개월 뒤, 그는 다시 여행을 떠나 야전병원 피란민들의 이야기를 기록했다. 그의 삽화 중 한 점은 당시 레바논 베카의 밸리 기지에서 지내던 한 가족의 소지품 중 일부를 묘사하고 있다.[27] 그 물건들은 가방 또는 여행가방 안에 있지 않다. 빈 공간에 그냥 흩어져 있다. 사진들, 딩링 전기면도기, 가위, 공책, 페이지 너머로 떠다니는 글자들. 정해진 자리가 없는 이런 물건들은 난민들의 처지를 환기한다. 2017년에 열린 뉴욕 파슨스디자인스

쿨의 '예외 상태* / 에스타도 데 엑셉시온Estado de Excepción'이라는 제목의 전시회는 애리조나주 소노란사막을 통해 멕시코에서 미국으로 들어오는 이민자들의 버려진 소지품에 초점을 맞추었다. 홀런드 코터는 이 전시회에 대한 리뷰에 "2001년부터 2009년까지 적어도 2500명의 이주민이 사망했다. 그리고 아마도 그보다 더 많은 사람의 시신이 사라졌을 것이다"[28]라고 썼다. 갤러리의 벽한 면이 "입구의 영상에서 본 것과 같은 종류의 먼지투성이 배낭들로 덮여 있었다. 마치 그 짐꾸러미들로부터 사막에서 겪은 시련을 이야기하는 이주민들의 녹음된 목소리가 흘러나오는 것 같았다."[29] 그 배낭들은 망자를 추모하는 역할뿐 아니라 증인의 역할도 한다. 뉴욕시의 이민사는 사람들이 가지고 온 물건들—그들이 매달렸던 것과 그들이 잃어버린 것—과 따로 떼어 이해할 수 없

* 독일의 철학자이자 법학자 카를 슈미트가 도입한 개념으로, 공익이라는 이름으로 법치를 초월해 주권자가 특별 권력을 행사하는 상태를 말한다.

다. 뉴욕시 엘리스섬에 있는 국립이민박물관 입구는 수하물 보관소, 즉 이민자들이 조사를 받기 전 수하물을 위탁하는 곳으로, 그 수하물 중 일부가 박물관에 전시되어 있다.

재난은 짐을 남긴다. 대량학살은 짐을 남긴다. 데이비드 포스터 월리스가 1995년 〈하퍼스〉에 쓴, 호화 크루즈의 부조리에 대한 에세이 「아마 내가 다시는 하지 않을 재미있는 일」 가운데 보이지 않는 수하물 처리는 홀로코스트를 연상시킨다. "군중을 통제하는 두번째 유명인 여성이 우리가 짐에 대해 걱정하지 않도록 확성기를 들고 짐이 나중에 우리를 따라올 거라고 계속 반복해서 말한다. 이 대목에서 부지불식간에 〈쉰들러 리스트〉 중 아우슈비츠로 출발하는 장면의 으스스한

메아리를 발견하는 사람은 분명 나 혼자뿐인 것 같다."[30] 몇 년 전 내가 자란 새크라멘토의 공항 수하물 찾는 곳에 여행가방 타워 여러 개가 설치되었다. 그 탑들은 다양한 색상과 크기를 가진 가죽 및 단단한 케이스의 빈티지 여행가방들로 구성되었다. 내 생각에 그 탑들은 기발한 것, 비행으로 인해 피곤한 상태에서 각자의 가방이 수하물 컨베이어에 모습을 드러낼 때까지 바라볼 수 있는 어떤 것이어야 한다. 그러나 그것들은 내 눈에 항상 홀로코스트 기념물처럼 보였다. 그것들은 공항에서 가방을 잃어버렸을 때의 불편함이 아니라, 대량학살과 그 흔적들을 상기시킨다.[31] 비행기 추락 사고에 대한 뉴스 영상에는 바다에 떠 있거나 산기슭에 흩어져 있는 여행가방들이 자주 잡힌다. 우리는 죽은 사람들을 보지 못하지만 그들의 수하물은 흔하게 보는 셈이다. 결국 그 수하물 중 일부는 창고에 보관되어 목록화되고 분류될 것이다. 그 외의 가방들은 사라지거나, 바닷속에 가라앉거나, 불에 타서 무無가 된다. 1912년 4월 14일부터 15일까지 타이태닉호와 함께 침몰한 여행가방들에는 "선실로 보낼 것" 또는 "선실로 보내지 말 것"이라는 태그가 붙어 있었다. 삼등석 승객들은 카펫백*만 가지고 여행했을 수도 있다. 일등석 승객들은 트렁크 여러 개를 갖고 있었으며 그중 일부는 선실에, 일부는 선박 화물칸에 보관했다. 배가 뉴욕시에 안전하게 도착했다면 그 여행가방들은 선실 등급별로 그리고 알파벳순으로 분류되어 수거되도록 부두에 배열되었을 것이다. 하지만 그러지 못하고 바다 생물들이 그 여행가방들에 서식하게 되었다. 생존자들이 제출한 보험금 청구서가 그들이 잃어버린 소지품의 유일한 흔적이다.

때로는 재난 중에 잃어버린 여행가방이 발견되기도 한다. 2013년, 영국 휘트비구명정박물관의 명예 큐레이터 피트 톰슨은 이베이에서 메리 로버츠라는 여성의 트렁크를 구입했다. 로버츠는 타이태닉호에서 살아남았을 뿐 아니라(그녀는 승무원으로 일했고 구명정 중 하나를 타고 탈출했다), 2년 뒤 로힐라호가 침몰할 때도 살아남았다. 그 재난으로 북해에서 유실됐던 그녀의 트렁크가 링컨셔의 한 골동품 상인의 손에 들어가 이베이에 올라갔고, 골동품 상인은 50파운드에 그것을 박물관에 팔기로 했다.[32] 1912년 4월 24일자 〈뉴욕 타임스〉 기사에 따르면, 타이태닉호에서는 단 하나의 여행가방만 구조되었다.

화이트스타라인의 정기 여객선 타이태닉호에 있던 모든 수하물 중 단 하나만 구조되었다. 카파시아호에 의해 구조된 일등석 승객 중 한 명인 새뮤얼 L. 골든버그의 캐리올백† 혹은 캔버스백이었다. 세관의 특별 검사관 조지 스미스는 골든버

* 카펫을 소재로 해서 만든 여행가방. 단순한 손잡이가 달리고 상단을 열게 되어 있는 형태로, 19세기에 미국과 유럽에서 인기를 끌었다.

그 씨가 짐을 건져낸 유일한 승객이며 카파시아 호가 도착한 날 밤 세관 서류 아래에 놓인 수하물은 그의 캐리올백이 유일했다고 말했다.[33]

높이 90센티미터, 폭이 60센티미터이며 수지품이 가득 차 있던 것으로 묘사된 그 갈색 캔버스백은 어느 시점에서도 물에 젖지 않은 것으로 보였으며, 타이태닉호에서 카파시아호로 어떻게 운반되었는지도 분명하지 않았다. 그것은 신비로운 어떤 것, 거의 신화적인 물건이 되었다. 오늘날 여행가방 회사인 채리엇 트래블웨어는 '타이태닉'이라는 다소 무시무시한 이름을 붙인 하드사이드 스피너 여행가방*을 만든다. 그들은 인조가죽과 스트랩을 사용해 구식 여행가방처럼 보이도록 이 여행가방을 디자인했다.

† 어깨에 걸칠 수 있고 조절 가능한 손잡이가 달렸으며 뒷면에 크고 깊은 포켓 두 개, 내부에는 다기능 포켓이 있는 심플한 토트백.

* 분할 구조로 제작된 바퀴 달린 여행가방. 가방의 중앙 부분이 지퍼로 잠기고 조개껍데기처럼 양쪽으로 벌어져 두 개의 주요 수납공간을 사용하게 되어 있다.

하루는 비가 내리기 시작했다. 그러다 날씨가 점차로 좋아졌다. 오후가 되자 구름은 햇볕에 타서 사라지고, 우리는 조지아의 녹지로 향했다. 그곳의 풍경은 어렸을 때 본 제이크루 카탈로그의 색상을 연상시켰다. 그곳을 '잔디밭'이라고 불렀던 것 같은데, 사실 잔디색은 아니었다. 더 찬란하고, 각도에 따라 다르게 보이는 색이었다. 이 1990년대의 색은 우리가 봄 공기 속에서 창문을 내리고 2차선 고속도로를 운전할 때 보이는 언덕의 색이다.

나는 '진품 골동품과 남성용품!'이라는 간판이 달린 골동품 가게 앞에 차를 세운다. 가게 문이 닫혀 있어서 현관에 진열된 물건들만 구경한다. 접이식 양철 접시와 찻주전자, 병과 통 들, 빨간색 에스코트 여행용 화장품 가방, 그리고 얼어붙은 호수 옆에 메추

라기가 있는 겨울 숲의 풍경이 그려진 사슴뿔. 이 사
슴뿔을 살 수 있으면 좋겠다. 어쩌면 여행용 화장품
가방도. 우리는 버튼호수 주변을 운전해 농장과 교
회들, 묘지들, 깨끗한 실크 꽃이 놓인 무덤들을 지나
갔다.

　헬렌의 하이디모텔에 주차했을 때는 해가 지고 있
었다. 체인 모텔을 포함해 주요 도로를 따라 서 있는
모든 모텔이 바이에른 테마로 꾸며져 있다. 하이디모
텔의 간판에는 호수와 풍차를 배경으로 언덕 위에 어
린 소녀와 염소가 그려져 있다. 그 모텔에는 자체 풍
차도 있다. 나는 차창을 내리고 밀리를 차 안에 남겨
둔 채 사무실로 가서 그 모텔에 반려견 투숙이 가능
한지 문의한다. 가능하다. 주간州間 고속도로에서 반
려견이 투숙할 수 있는 모텔을 찾는 건 쉬운 일이다.
어떤 체인 모텔이 반려동물을 받아주는지 알아낸 다
음, 저녁을 마무리하기로 결정하고 언제든 바로 차
를 대면 된다. 보통 나는 크래커배럴과 와플하우스*

---

* 크래커배럴과 와플하우스 둘 다 미국의 레스토랑
체인이다.

가 가까이에 있는 슈퍼8 체인을 선택하는 경향이 있다. 덕분에 저녁식사와 아침식사를 해결할 수 있다. 하지만 사실 나는 이 하이디모텔처럼 오래되고 특이한 모텔을 더 좋아한다. 찾기가 어려울 뿐이지.

카운터 뒤의 아주머니가 체크인을 해준 뒤 열쇠 —카드키가 아니라 진짜 열쇠—를 건네주며 풍차 2층의 방이 열려 있으니 그 방을 사용하면 된다고 말한다. 나는 차에서 여행가방을 꺼내고 밀리와 함께 풍차 뒤쪽의 계단을 걸어올라간다. 다시 비가 내린다. 풍차의 바닥은 돌이고, 반짝이는 하얀 햇살이 줄지어 들어오며, 풍차 자체는 하얀 나무다. 내 방문 옆의 플라스틱 의자들은 물 고임 방지를 위해 건물 한쪽 측면에 기대어 기울어져 있다.

나는 방안에 들어가 여행가방을 문과 가스 벽난

로 사이 바닥에 뉘어놓은 뒤 지퍼를 열고 스웨터를 꺼냈다. 그리고 벽난로의 타이머를 켰다. 딸깍거리는 소리가 나긴 했지만, 이토록 우울한 밤 벽난로에 불을 켜니 좋다. 그런 다음 저녁거리(치즈버거와 BLT 샌드위치)를 사려고 길을 걸어가 음식을 기다린다. 버번위스키를 마시며 바 끄트머리에 앉은 나이든 부부와 이야기를 나눈다. 사실 혼자 앉아 있고 싶었지만, 약간 취한 듯한 그들이 애정 어린 끈질긴 태도로 말을 걸었다. "왜 혼자 있어요? 그건 정말 끔찍한 일이에요. 와서 우리와 함께 앉아요." 그래서 나는 포기하고 그들과 이야기를 나누기 위해 의자 몇 개를 건너가 앉았다. 부부 중 남편이 나에게 무슨 일을 하느냐고 물었고, 나는 영어 교수라고 대답했다.

"좋은 일이네요." 그가 말했다.

이 말에 뭐라고 대꾸해야 할지 정말 알 수가 없었다. 그래서 나는 고맙다고 말했다.

바텐더가 주문한 음식을 나에게 건네주고, 나는 다시 하이디모텔로 향한다. HGTV를 보려고 했지만 케이블이 나간 터라 대신 창가의 테이블 앞에 앉아 비 내리는 마을을 내다본다. 도시가 본연의 모습이 아닐 때, 춥고 어둡고 버려져 있을 때, 우리는 다른 사람들이 볼 수 없는 어떤 것을 보도록 허락받았다는 느낌을 받는다. 비현실적인 곳에서의 우울한 밤들.

2. 여행가방의 언어

'여행가방'이란 무엇을 의미하는가? 이 단어는 전쟁문화에 기원을 두고 있다. 수백 년 동안 이 단어는 군인, 특히 기병이나 포병에게 적합한 트렁크, 배낭, 취사용 장비, 솔더백, 파우치 등을 포함해 군대의 수하물, 군수품 및 보급품을 지칭했다. 그것은 반드시 가지고 다녀야 하는, 불편할 정도로 무거운 물건이었다. 셰익스피어의 『헨리 5세』에서 웨일스의 대위 플루엘렌은 프랑스군의 폭력 행위에 대해 다음과 같이 공포감을 표현한다. "소년과 수하물을 죽이라니! 그것은 명백히 전시법에 위배된다."(4.7.1)[1] 그 어린 희생자들은 아쟁쿠르에서 군대의 수하물을 지키고 있었다. 팀 오브라이언의 책 『그들이 운반한 것들』에서, 우리

는 베트남군 소대가 무엇을 가지고 다녔는지 알
게 된다. 그 물건들 중에는 여분의 식량, 무기, 양
말 같은 실용적인 물품뿐만 아니라 편지와 사진
도 있다. 이 이야기는 다음과 같은 글로 시작된다.
"지미 크로스 중위는 뉴저지주 마운트세바스찬
대학의 후배 마사라는 소녀가 보낸 편지들을 가지
고 왔다. 그것들은 연애편지가 아니었지만, 크로
스 중위는 장차 그렇게 되길 바라고 있었기 때문
에 그것들을 접어서 비닐봉지에 넣어 배낭 바닥에
보관했다."[2] 조심스럽게 보호하고 보관한 이 편
지들은 크로스 중위를 미약하게나마 그의 고향과
그가 원하는 미래에 연결해준다. 또한 이것은 노
동에 관한 이야기이다. 실제적인 무게와 감상적인
무게를 모두 지닌 물건들을 운반하는 노동. 무언

가를 '운반한다'고 말하는 것은 무언가를 '가져왔다'고 말하는 것보다 더 큰 부담을 내포한다. 군인들이 이를 지칭하는 용어는 '혹hump'이다. "지미크로스 중위가 마사에 대한 그의 사랑을 언덕 위로 그리고 늪을 가로질러 보냈을 때처럼, 무언가를 나른다는 것은 그것을 보내는 것이었다. 동사형의 '보내다hump'는 '걷다' 또는 '행진하다'라는 뜻이지만, 그것은 동사보다 훨씬 더 무거운 짐을 암시한다."[3] 바로 인간관계의 짐, 애착과 기억의 짐이다. 그것은 욕망, 사랑, 희망의 짐이다. 편지는 단순한 편지가 아니다. 전쟁 너머에서 온 편지다. 이 이야기는 물건이 지니는 가치가 복잡하다는 것을 우리에게 상기시킨다. 쌀 한 봉지도 방탄조끼나 텐트 바닥에 까는 방수포처럼 가치가 높을 수 있다. 군인들은 그런 물건을 원하거나 필요로 한다. 집에서 떠나와 폭력에 둘러싸여 죽음의 가능성에 직면한 사람에게는 다른 물건들이 효용을 초월하는 가치를 지닌다. 이 이야기는 목록으로서의 특성이 있다. 그 목록은 짐 꾸리기 목록과 다르지 않다. 겉으로 볼 때 비인간적으로 보이는 이런 상황은 독자로 하여금 배낭들의 내부뿐만 아니라 군인의 내면, 즉 그들의 생각과 기억과 자아에 다가가게 해준다.

오늘날 '수하물'은 여행자와 승객들 소유의 화물, 특히 대중교통으로 운송하는 모든 화물을 의미한다. 우리는 종종 수하물을 '가방bag'이라고 부르며 우리의 물건들을 보관하고 우리로 하여금 물건을 운반하게 해주는 다른 종류의 용기들과 함께 정돈한다. 가방 없는 삶을 생각하기란 힘들다. 스티븐 코너가 말했듯이, "인간은 세상을 가방으로 만든다. 왜냐하면 물건들을 한데 모으고, 물건들을 들고, 우리 자신이 들리고 떠받쳐지는 것이 우리에게 매우 중요하기 때문이다."[4] 델시, 트래블프로, 투미, 리모와, 샘소나이트, 애틀랜틱, 아메

여행가방

리칸투어리스터, 록랜드에서 만드는 제품들은 확실히 여행가방이지만, 우리는 물건들을 바퀴 달린 여행가방이 아닌 모든 종류의 용기에 담아서 가지고 다닐 수도 있다. 배낭은 여행가방일까? 야외에서 하는 모험을 위한 대형 배낭은 여행가방일 수 있지만, 통학용 소형 배낭은 그렇지 않다고 보아야 할 것이다. 쇼핑백, 토트백, 핸드백, 서류가방, 소형 서류가방, 숄더백, 힙색, 카메라 케이스, 피크닉 바구니, 판지 상자, 쓰레기 봉투, 기타 케이스, 스키 가방. 이것들은 여행가방인가? 영화 〈가위손〉(1990)에서 다이앤 위스트가 연기한 인물 페그가 들고 다니는, 녹색과 파란색으로 된 1960년대의 에이본 태피스트리 가방은 여행가방인가? 한때 사람들은 골동품 북스트랩으로 책들을 묶어 들고 다녔지만, 그것은 용기나 가방이 아니다. 시체는 인간이 사물로 변한 상태이다. 그렇다면 시체 가방도 여행가방이라고 할 수 있을 것이다. 시신이 담긴 관이 민간 항공기의 화물칸에 실려 전 세계로 운송되기도 한다. 그렇다면 관도 여행가방이라고 볼 수도 있다. 우리는 비행기와 선박에 실리는 일부 수하물을 '화물'이라고 부른다. 화물이라는 카테고리는 개인의 물건보다는 상업용 물품과 관련되는 경향이 있다. 우리는 비행기에서 승객들의 짐을 보관하는 공간을 '화물 창고'라고 부르는데, 이 경우 앞에서 말한 구분이 무너진다. 1958년에 탄생한 패딩턴 베어에는 "패딩턴 역을 경유해 가장 어두운 페루에서 영국 런던까지"라고 적힌 수하물 태그가 붙어 있고 뒷면에는 손글씨로 "이 곰을 잘 돌봐주세요"라고 쓴 요청서가 붙어 있다. 그러니 패딩턴 베어는 곰일 수도 있고 여행가방일 수도 있다.

아마도 여행가방은 물건(또는 물건들의 세트)을 보호하고 휴대할 수 있게 만들어주는 모든 것일 터이다. 19세기에 미국 동부 해안에 위치한 등

여행가방

대들에 순회도서관이 다녔다. 순회도서관의 책들은 트렁크 또는 작은 책장과 비슷한 나무 상자에 담겨 운반되었고, 고립되어 일하는 등대지기들이 절실히 필요로 하는 위안을 제공했다. 당시에 기록된 작업일지는 등대지기들이 주말과 공휴일을 희생해가며 거의 쉬지 않고 일했다는 사실을 증언한다. 어떤 순회도서관은 책을 대출해주기 위해 대서양 연안 전체를 다니며 그곳에 있는 모든 등대에 들렀다.[5] 이런 휴대용 물품들은 분류하기가 어렵다. 제인 오스틴은 여행할 때 휴대용 마호가니 책상과 필통을 가지고 다녔다. 그 책상은 그녀가 열아홉 살이던 1794년에 그녀의 아버지 조지 오스틴 목사가 선물한 것으로 보인다(이 책상은 1999년 이후로 런던의 영국도서관에 소장되어 있다). 이 책상에는 측면 서랍이 있고, 필기용 상판을 뒤로 젖히면 원고, 잉크병, 필기구를 보관할 수 있는 수납 칸이 드러난다. 1790년대 후반에 제인 오스틴은『오만과 편견』『이성과 감성』『노생거 사원』의 초고를 집필 중이었다. 그리고 어느 비평가가 말했듯이, "발로도 글을 쓰는 방법을 배웠다."[6] 휴대용 책상은 "매우 바람직한 품목이었고, 도로와 마차의 여건이 개선되어 사람들이 과거 그 어느 때보다 여행을 많이 하게 된 세상에서 최첨단 장비 중 하나였다."[7] 제인 오스틴의 말년을 다룬, 2008년에 방영된 TV 영화 〈제인 오스틴의 후회〉를 보면, 제인이 조카 패니를 만나러 여행을 떠날 때 언니 카산드라가 『에마』 원고를 꾸리는 것을 도와준다. 여기서 집필 중인 그 소설은 책상 속이 아니라 옷들과 함께 꾸려지지만, 이 짐 꾸리는 장면으로부터 버지니아 울프가 『자기만의 방』(1929)에서 제인 오스틴을 바라본 관점을 엿볼 수 있다. 울프에게 오스틴은 그런 공간—자기만의 방—없이 작업한 유일한 여성 작가였다. 오스틴은 국내에서나 해외에서나 삶의 여러 방해를 받으며 글을 썼다. 이때 휴대용 책상은 상자다. 가구다. 그리고 여행가방이기도 하다. 그것은 오스틴이 일하고 여행할 수 있게 해주었고, 그녀가 아주 잘 이해하는 세계로 그녀를 데리고 가서 그 모든 글을 써내려가게 해주었다. 그 휴대용 책상을 분실할 뻔한 일도 있었다. 제인은 1798년 10월 24일 카산드라에게 보낸 편지에 책상을 잠시 잃어버렸던 "작은 모험"에 대해 썼다. 그녀는 그 책상이 "내가 가진 속세의 부富 전부"를 담고 있다고 묘사한다. 그 책상과 화장도구 상자 몇 개가 우연히 마차에 실려 그레이브스엔드를 향해 출발했고, 그 물건들을 구출하기 위해 한 남자가 말을 타고 쫓아갔다.[8] 수하물은 단순히 가방이나 그 내용물을 지칭하는 차원에 머무르지 않는다. 그것은 그냥 물건들을 지칭한다기보다는 하나의 개념, 즉 살면서 우리가 어떤 물건들을 가지고 다니는지 그리고 그 이유는 무엇인지를 생각하는 하나의 방식이다. 'luggage'라는 단어는 'lug'라는 동사에서 왔다. 아마도 이 동사는 스칸디나비아어에서 유래했을 것이다. 옥스퍼드 영어

사전에는 스웨덴어 동사 'lugga'가 '사람의 머리카락을 잡아당기다'라는 뜻이라고 기록되어 있다. 다소 공격적인 개념이다. 14세기부터 19세기까지 'lug'라는 단어에는 사람 또는 곰이나 황소 같은 동물을 놀리거나 불안하게 만들거나 미끼로 유인한다는 불길한 의미도 있었다. 곰 미끼bear-baiting는 르네상스 시대에 런던에서 인기를 끈 유혈 스포츠로, 셰익스피어의 연극을 상연하던 극장들 중 일부가 이런 행사를 주최했다. 무대에서 곰은 사슬로 묶인 채 개들에게 몸이 찢겼다. 그 불쌍한 동물은 **끌려갔다**lugged. 곰은 잔인한 볼거리 속 대상이었다. 셰익스피어의 『헨리 4세』 1부에서 폴스타프는 할 왕자에게 이렇게 말한다. "스블러드, 나는 길고양이나 끌려가는 곰처럼 우울해

여행가방

요.”(1, 2, 74~75)[9] 이 비교는 이러한 폭력의 공통성을 강조한다. 거세된 고양이와 끌려가는 곰은 폴스타프에게 꽤나 유사한 동물이며, 둘 중 하나는 그 자신의 우울증에 대한 적절하면서도 유머러스한 비유다. 우리는 끌어당기거나 잡아당긴다는 의미에서 말馬을 끌 수 있다. 술을 끌어 나를 수도 있고 마실 수도 있다(비슷한 맥락에서 오늘날 우리는 '담배를 빤다take a drag on a cigarette'고 말한다). 그러니 무언가를 끌어당긴다는 것은 곧 그것을 힘들게 해나가는 것이다. 이 용어는 어려움과 분쟁을 강조한다.

그리고 'baggage'라는 용어도 있다. 때때로 우리는 'luggage'와 'baggage'를 수하물이라는 동의어로 사용하지만, 사실 각각 고유의 의미가 있다. 'luggage'와 마찬가지로 'baggage' 역시 군대가 끌고 다니는 장비를 뜻한다. 'baggage'라는 단어는 운송하기 위해 수거된 재산을 뜻하는 고대 프랑스어 'bagage'에서 유래했다. 동사 'baguer'는 '묶다, 감다, 동여매다'라는 뜻이었고, 명사형 'bague'는 묶음bundle과 꾸러미pack를 뜻했다. '가방bag'이라는 용어는 중세 초기 영어 'bagge'에서 유래했다. 이 용어의 어원일 수도 있는 고대 노르웨이어의 'baggi'는 '가방, 꾸러미, 묶음'을 뜻했다(묶음bundle에 대한 언급은 나로 하여금 1982년 영화 〈애니〉에 나오는 해니거 양의 애인 번들 씨를 떠올리게 한다. 그의 더러운 세탁물 묶음bundled laundry 통은 애니가 그 밑에 숨어서 고아원으로부터 도망칠 수 있는 완벽한 수단이 된다). 종교개혁 기간에 'baggage'는 로마가톨릭 예배의 의식 및 용구들에 다채롭게 적용되었다. 16세기의 한 작가는 "이 가톨릭교는 멍청한 의식들의 짐꾸러미다"라고 꾸짖었다. 또한 이 용어에는 명백하게 여성혐오적 의미가 있었다. 'baggage'는 평판이 나쁘고 쓸모없는 여성을 의미했고, 이런 여성은 부도덕한 삶

을 산다고 여겨지는 경우가 많았다('strumpet'*이
라는 단어의 경우와 다르지 않다). 이 단어는 또한
어리석고, 뻔뻔스럽고, 교묘하고, 교활한 여성을
의미했다. 비슷한 맥락에서 'old bag'은 매력적이
지 않은 나이든 여성, 아마도 늙은 창녀를 뜻한다.
16세기에는 'baggage'가 먼지, 쓰레기, 부패한 오
물을 가리키기도 했는데, 여기에는 사람도 포함
되었다. 'baggage'는 쓰레기 같고 끔찍한 것이었
다. 오늘날 미국에서 이 단어는 여행을 위한 휴대
용 자산을 지칭하는 데 흔히 사용된다. 우리는 '수
하물 찾는 곳baggage claim'이라고 말하지만 정확히
말하면 이것은 '분실된 수하물'을 찾아주는 사무
실을 뜻하는데, 이는 여행가방이 주인 손에 다시
들어오지 않으면 'luggage'에서 'baggage'로 변한
다는 걸 암시한다. 'baggage'라는 단어와 함께 우
리는 은유의 영역으로 들어간다. 'baggage'는 우
리의 실제 부담뿐만 아니라 감정적인 부담도 의
미한다. 이 용법에서는 '쓰레기'에 대한 르네상스

* 매춘부, 매춘부 같은 여자.

시대의 개념을 참조하는 것이 아니라, 중요한 문제와 관련 있는 또다른 용법을 끌어온다. 프랜시스 베이컨은『에세이』에 "나는 부를 미덕의 수하물보다 더 나은 명칭으로 부를 수 없다"라고 썼다. 여기서 '미덕의 수하물'이란 부보다 더 갖고 싶은 것, 비록 감당하기 어려울지언정 훌륭하고 가치 있는 어떤 것이다. 'baggage'는 의무감 그리고 생각의 무게와 연결된다. 그러나 때로는 여기에 비유적 가치가 존재하지 않는 경우도 있다. 어쩌면 시시포스의 바위가 'baggage'일지 모른다. 그 자체로 짐일 뿐인 궁극적인 짐 말이다. 시시포스는 항상 어디론가 간다. 시시포스는 결코 아무 데로도 가지 않는다. 어떤 여행에는 'luggage'가 아닌 'baggage'가 수반될 수도 있다. 단테는 베르길리

우스의 안내를 받아 지옥으로 내려갈 때 아무것도 가져가지 않았다. 그런 종류의 여행이 아니기 때문이다. 그의 짐은 증인의 짐이다. "절망의 외침들을 듣고, 고대의 고통받는 영혼들이 애도하는 것을 보기 위해 / 그들은 두번째 죽음의 합창 속에 머물러야 한다."[10] 그리고 이것으로 충분하다. 때때로 수하물luggage은 우리 자신과 별개로 우리의 정서적 삶을 상상하는 하나의 방법이 되기도 한다. 시인 C. D. 라이트는 『샬크로스』에 "나의 바퀴 달린 슬픔의 가방", 즉 우리의 가장 고통스러운 감정—때때로 우리가 스스로 담지 못하거나 쥐지 못하는 감정—이 담긴 가방에 대해 썼다.[11] 그리고 시니드 모리시의 시「높은 창문」에서 화자는 레이먼드 챈들러의 소설에 나오는 고전적인 비서 인물에 관해 "아마 처음부터 너무나 좁은 삶, / 한심하고 따분한 효과를 내는 작은 덩어리 / 여행가방 하나에 딱 맞게 들어가는 삶"[12]을 살아왔을 거라고 말한다. 물건들로 이루어진 삶이 아니라, "효과들"로 이루어진 삶이다.

　자조산업의 언어에서, 우리의 개인 수하물

baggage은 과거와 연관되고 책임의 문제로 이해되는 경향이 있다. 최근에 나는 뉴욕 지하철에 앉아 있다가 "그에게 짐이 있나요? 우리가 가지러 가겠습니다"라고 말하는 클러터닷컴의 광고를 보았다. 이런 서비스는 한 사람(그리고 아마도 양쪽 모두)이 짐을 가지고 있다는 기존의 로맨스에 대한 이해에 의존하며, 마치 농담처럼 저장고storage가 해결책으로 제시된다. 실물들—물론 도시의 작은 아파트에서는 이것들을 다루는 일이 늘 까다롭다—은 관리되고 통제되며, 아마도 시야에서 사라진 파트너의 과거의 상징이 될 것이다. 그의 짐baggage은 마차 바퀴로 만든 커피 테이블만이 아니다. 그 짐은 보관하면 된다. 그게 아니라, 그는 진부한 남성성의 짐을 가지고 있다. 그는 결정을

여행가방

내리지 못한다, 그는 의사소통을 하지 못한다, 등등. 그러나 그의 결점, 그의 짐은 치워지고 사라질 수 있다. 그리하여 우리의 복잡한 인간성, 우리의 과거는 잠재적 비극에서 희극으로, 혹은 적어도 우스꽝스러운 농담으로 변모한다.

우리는 우리의 짐baggage에 대해 회고적인 방식으로 말하는 경향이 있다. 그것은 우리가 과거로부터 가져오는 것, 즉 고통스럽고 견디기 힘든 어떤 것으로, 부정적인 용어들로 이해된 기억과 경험이다. 우리 모두가 자신과 다른 사람들이 고려해야 하는 짐을 가지고 있다는 생각을 하지 않고 현대의 자조산업을 상상하기란 힘들다. 이는 짐을 이해하는 방법에서 중요한 부분이다. 짐은 당신만의 것이 아니다. 사회적 통념에 따르면, 부끄럽더라도 당신의 짐을 다른 사람들에게 고백해 당신의 성격이 어떻게 형성되었는지 이해하게 하고 그들이 무엇과 마주하고 있는지 알게 하는 것은 당신의 책임이다. 흔히 짐을 너무 많이 진 사람을 조심하라고들 한다. 그런 사람은 문제가 너무 많고 감정적 부담도 과도한 사람으로 여겨지기 때문이다.

103

부담. 물론 진부한 단어다. 그래서 단어 자체가 짐을 가진다. 그것은 과도하게 사용되어 마모된다.

우리 자신이 짐이 될 수도 있다. 프랜시스 호지슨 버넷의 소설 『비밀의 화원』을 원작으로 한 아그니에슈카 홀란트의 1993년작 동명의 영화 시작 부분에서, 고아가 된 메리 레녹스가 인도로부터 타고 온 배에서 수하물luggage 더미들이 내려진다. 이 작업이 진행되는 동안, 지진(책에서는 전염병인 콜레라)으로 부모를 잃은 고아들 무리의 명단이 작성되고 처리된다. 그들에게 번호가 매겨진다. 메리는 43번이다. 가정부 메들록 부인이 그 아이를 데리러 오고, 그녀는 메리를 "평범한 물건"이라고 부른다. 메리는 짐이다. 영국의 짐이 아니라 외국의 짐. 해외에서 온 수하물baggage. 전에 메리는 특권을 누리며 버릇없이 살았지만, 이제 자기 주변을 가득 채운 가방들보다 덜 귀중해지고 가치가 떨어졌다. 콘스탄스 어당은 자신의 시 「수하물」에 이렇게 썼다.

> 여행은 사라지는 행위이되
>
> 이는 남겨진 사람들에게만 해당된다.
>
> 여행자가 아는 것은
>
> 자기 자신과 동행한다는 것이다.
>
> 도난당할 수도, 분실할 수도, 혼동할 수도,
>
> 위탁할 수도 없는 다루기 힘든 짐.[13]

우리는 우리 자신과 동행한다. 우리는 우리 자신과 불가분의 관계에 있다. 또한 우리는 흘릴 수도 버릴 수도 없는, "다루기 힘든" 짐이기도 하다. 여행자는 분리된 자아이다. 그는 그녀를 동반하지만 두 자아는 서로 결합되어 있다. 그녀는 그녀 자신이기도 하고, 그가 그녀와 함께 가져가는 일종의 여행가방이기도 하다. "다루기 힘든 짐"이란 아마도 물리적인 것, 한 곳에서 다른 곳으로 이동하는, 신체를 넘어서는 본질적 자아일 것이다. 이런 생각은 우리가 공항 보안검색대를 통과할 때 기내 반입용 여행가방 안을 촬영한 엑스레이 사진의 유령 같은 모습과 잘 어울린다. 나는 다른 사람들이 가지고 다니는 숨겨진 물건들의 모양과 색조가 궁금해서 검색대의 화면을 보려고 애쓴다. 하지만 화면 속 모습은 인체만큼이나 나에게 아무것도 연상시키지 않는다. 누군가의 가슴 엑스레이와 그 사람의 가방 엑스레이는 다르지 않다. 실제로 '뼈 주머니bag of bones'라는 표현은 우리가 사물을 운반하는 용기일 뿐인지도 모른다는 사실을 환기한다. 이 표현은 몸이 야윈 사람에게 사용되는 경향이 있다. 그리하여 외부에서 사람의 내부, 즉 뼈를 볼 수 있다는 당황스러운 현실에 주목하게 한다.

인간을 여행가방이나 수하물로 보는 데는 장밋빛 관점도 존재한다. 1989년 영화 〈철목련〉에서 올림피아 듀카키스가 연기한 클레리는 셜리 매클레인에게 "우지어, 내가 내 여행가방보다 당신을 더 사랑한다는 걸 알잖아요"라고 말한다. 누군가와 헤어져 떠나갈 때, 그 사람은 당신이 무척 그리울 거라는 뜻으로 "나를 여행가방 안에 넣어서 데려가줘요"라고 말한다. 어떤 사람이 당신과 함께 있고 당신과 가까워지고 싶어하는 것은 친밀감의 표현이다. 그 사람이 당신의 물건들 사이에 던져지는 것이다. 그 사람은 밀항자가 된다. 그가 당신의 옷과 신발과 칫솔 사이에 꾸려져 있다는 사실을 다른 사람은 모를 것이다. 스탠리 모스는 시 「밀항자」에 "늙어가는 나는 내 존재를 붙들고 있는 밀항자다"라고 썼다. 이 시구는 W. B. 예이츠가 「비잔티움으로의 항해」에서 인간에 대해 "죽어가는 동물에 묶여 있다"[14]라고 말한 유명한 관점과 공명한다. 예이츠가 볼 때 우리 인간은 우리의 죽어가는 몸에 들러붙어 있거나 그 안에 갇혀

107

있어 죽는다. 모스의 관점은 육체적이면서 동시에 형이상학적이다. 늙어가는 몸은 늙어가는 자아뿐만 아니라 아마도 더 젊은 자아, 즉 과거로부터 밀항한 자아도 지니고 있다. 그리고 '지닌다'는 것은 합법적이거나 불법인 모든 화물과 아울러 그 사람의 존재, 즉 자아 자체다. 밀항은 관습을 거스르는 행위, 승인되지 않은 행위다. 더 나아가 매혹적이다. 파리 르도칸스호텔의 작은 엘리베이터에는 오래된 루이비통 옷장 트렁크들이 늘어서 있다. 당신은 그 공간에서 일종의 밀항자가 된다. 〈왈가닥 루시〉*의 한 에피소드에서 루시는 여권을 만들어야 하지만 출생증명서를 찾지 못한다. 그래서 트렁크 안에 들어가 밀항하는 연습을 하다가 그 안에서 꼼짝 못하게 된다. 여행가방이 스스

여행가방

로 밀항할 수도 있다. 여행가방 브랜드 파라벨은 스토어웨이, 즉 밀항이라는 명칭의 275달러짜리 접이식 여행가방(접힌 크기 17.5×7×2.5인치, 펼친 크기 17×13×6.5인치)을 만든 뒤, "하룻밤 간단히 여행을 가거나 물건이 많아질 때를 대비해 가방 하나는 더 큰 가방 안에 넣어두세요"라고 안내했다.

여행가방과 관련된 또다른 은유도 있다. 우리는 어떤 아이디어를 비판적으로 검토하는 것을 '풀기unpacking'라고 말하며, 실제로 이 용어는 백인이 가진 특권의 일상적인 영향에 대해 가장 자주 인용되는 성찰 중 하나인 페기 매킨토시의 체크리스트 「백인의 특권: 보이지 않는 배낭 풀기」의 제목에서 볼 수 있다. 어떤 개념을 '푼다'는 것은 여행가방에서 옷을 꺼내듯 개념의 다양한 부분들, 그것에 담긴 가정 및 함축된 의미를 분석하는 것

---

* 1950년대에 미국 CBS에서 방송되어 선풍적인 인기를 끈 시트콤. 가정주부 루시와 그녀의 음악인 남편 리키의 일상을 담았다.

이다. 그 결과 이전에는 접혀 있던 (그래서 전혀 보이지 않았던) 것이 펼쳐진 상태로 완전하게 드러나고, 확장으로서의 이해가 형성된다. 영어 교수들은 강의실에서 이 용어를 자주 사용하는 경향이 있다. 항상 뭔가를 풀라고 요구한다. 시를 풀라고. 단어를 풀라고. '포트만토portmanteau'라는 단어도 풀어보아야 한다. '포르테porter'는 프랑스어로 '나르다'라는 뜻이고, '망토manteau'는 소매 없는 외투로, 이 두 단어가 합쳐진 포트만토는 서로 다른 물건들을 한데 싸는 행위를 연상시킨다. 19세기에 포트만토는 각 면의 크기가 같은, 양면으로 열리는 여행가방을 뜻했다. 또한 포트만토는 두 개 이상의 단어가 합쳐져 만들어진 혼성어를 뜻하기도 한다. 어느 비평가는 이것을 "언어학적 슈퍼컨

여행가방

테이너"[15]라고 불렀다. 포트만토는 "동일한 부분들(글자, 음소, 음절)이 서로 다른 방식으로 결합되어 다양한 의미를 만들어낼 수 있다는 사실"과 그 "효과들이 동시적이라는 사실에서 파생된다. 그리고 그 결과 말장난에 영향을 받은 것보다 훨씬 더 광범위하게 의미가 확장된다."[16] 제임스 조이스의 소설『피네간의 경야』는 양복suit, 셔츠shirt, 신발shoes을 동시에 연상시키는 'shuit' 같은 혼성어로 유명하다.

딜런 토머스는 혼성어 구사를 자기 기술의 일부로 보았고, 1951년「시적 선언」에서 이에 대해 말했다.

내가 하고 싶은 일은 장인이 나무나 돌, 혹은 자신이 가진 모든 것을 다루듯이 단어들을 쪼개고, 조각하고, 주조하고, 갈고, 다듬고 대패질해서 패턴, 시퀀스, 조각, 서정적 충동을 표현하는 소리들의 푸가로 변환하는 것이다. 충동, 영적 의심이나 확신, 희미하게 깨달은 어떤 진리에 도달하고 깨우치도록 노력해야 한다. 나는 힘들게 노력하고,

111

성실한 태도를 유지하고, 열심히 일하는, 단어들의 기만적인 장인이다. (…) 나는 내 시가 작동하고 내가 원하는 방향으로 움직이게 하기 위해 오래된 트릭, 새로운 트릭, 말장난, 혼성어, 역설, 암시, 패러노마시아*, 패러그램†, 카타크레시스‡, 속어, 동음 운율, 모음 운율, 도약률§ 등 모든 것을 활용한다.[17]

그가 제시한 목록에서 혼성어는 '오래된 트릭' '새로운 트릭' '말장난' 뒤에 등장해 그러한 조합이 영리하다는 걸 암시한다. 심지어 독자가 속고 있다는 느낌마저 준다. 필립 시드니 경은 영어로 된 최초의 문학 비평서『시를 위한 사과』에서 시인은 단순히 세상을 표현하거나 반영하는 것만이

여행가방

아니며, (햄릿이 말했듯이) 자연을 거울처럼 여실히 비추는 것도 아니라고 말했다. 시인은 만든다. 시인은 발명한다. 전에 존재하지 않던 새로운 어떤 것을 창조한다. 단어들의 융합은 그러한 만들기 가운데 하나다. 단어들의 융합은 익숙하면서도 낯선 어떤 것을 만들어낸다. 만들어낸 단어로서 혼성어는 창작 자체, 즉 글을 쓴다는 행위의 구현이다.

혼성어는 19세기에 편집자 W. W. 스키트가 존재하지 않거나 실수로 쓰인 단어를 설명하기 위해 발명한 용어인 '유령 단어ghostword', 그리고 필경사나 인쇄업자들이 저지른 오류나 변형을 뜻하는 '상상 단어phantom word'와도 관련이 있다. 이러한 단어들 중 어떤 것은 결국 언어로 편입되어 유령

* 동음이의어를 이용한 익살, 말장난.

† 단어의 철자를 이용한 말장난.

‡ 비유의 남용 또는 말의 오용. 오어법(誤語法)이라고도 한다.

§ 시에서 강음절 하나에 넷 또는 그 이상의 약음절이 따라오는 운율. 두운, 중간운, 어구의 반복 따위를 효과적으로 표현할 수 있다.

같은 상태에서 벗어난다. 루이스 캐럴의 『거울 나라의 앨리스』에서 앨리스와 험프티 덤프티는 「재버워키」*에 나오는 혼성어들에 대해 토론한다. 이 시의 시작 부분 스탠자stanza†는 험프티 덤프티가 꾸리기packing의 개념을 바탕으로 "한 단어 안에 담긴 두 가지 의미"라고 정의한 일련의 혼성어들을 제시한다.

어스름 전, 나긋끈적 토브들이
잔디밭을 긁긁 돌며 구멍을 냈다
보로고브들은 모두 연약가련하고,
집 뜬 라스들은 식식대는구나.[18]

프랜시스 헉슬리는 『까마귀와 책상』에서 이 시

여행가방

구에 대해 "불가해한 단어들이 대량으로 연이어 등장한다"[19]라고 썼다. 질문을 받은 험프티 덤 프티는 앨리스에게 '나긋끈적slithy'의 뜻은 '유연한lithe'과 '끈적끈적한slimy'이라고 알려주고[어렸을 때 이 책을 읽으면서 나는 이 단어가 'slimy'와 'slithering(미끄러지는)'처럼 들리기도 한다고 생각했다] "'어스름 전Brillig'은 오후 네시—저녁식사 때 먹을 음식을 조리하기 시작하는 시간—를 의미한다"고 주장한다. 그러나 어떤 혼성어들은 이렇게 간단한 방식으로 정의되지 않는다. 험프티 덤 프티는 "글쎄, '토브toves'는 오소리와 비슷하고 도마뱀과 비슷하며 코르크 따개와 비슷해"라고 말함으로써 그 혼성어의 소리와 반드시 관련이 있는 것은 아니면서 그것의 의미를 설명해주는 서로 다른 세 가지 아이디어를 합친다. 앨리스가 각 단

* 루이스 캐럴의 『거울 나라의 앨리스』에 나오는 말장난으로 가득한 난센스 시. 영어로 쓰인 난센스 시의 최고봉으로 꼽힌다. 거의 이해할 수가 없고 해석이 제각각이다. 현재 '재버워키'는 '이해하기 힘든 헛소리'라는 의미로 통용된다.

† 4행 이상의 각운이 있는 시구.

어가 무슨 뜻이냐고 묻고 험프티 덤프티가 그 단어들이 어떻게 다른 단어들의 소리나 의미를 이끌어내는지를 대략적으로 설명해주면서 대화는 한동안 계속된다. 독자는 이 시의 의미가 연관적이라는 인상을 받게 된다. 즉, 우리가 어떤 것이 무엇인지 알고 나면 이어서 다른 것까지 알게 된다는 인상을 받는 것이다.

혼성어는 언어를 이상하게 만듦으로써 낯설게 만든다. 심지어 그것이 거의 즉시, 본능적으로 무엇인지 인식 가능할 때도 말이다. 혼성어는 우리에게 그 의미가 어떻게 작용하는지에 관해 생각해보라고 요구한다. 메리 루플의 시「뮐러와 나」는 혼성어를 이루는 단어들을 분리해봄으로써 단어의 의미가 어떻게 결정되는지 숙고하게 만든다.

나는 평범한 동물이다, **피리**fife가

소총rifle인지 **플루트**flute인지

기억 못하는 사람.

결국 그 안에서

갈등strife이 생기고 **싸움**fight이 일어난다,

그러나 다른 면에서

그것은 **삶**life과 운율이 맞는

짧고 달콤한 단어다.[20]

　피리는 소총도 플루트도 아니며 이 둘을 결합한 것이라고 말하는 것이 적절할 것이다. 다시 말해 그것은 소총들의 세계에 사는 군사 악기 플루트다. 그러므로 그 안에는 화자가 말하는 대로 갈등과 싸움이 있지만, '다른 면에서'는 운율의 문제도 있다. 이는 '파이프'를 혼성어로 생각하는 것으로는 이 미스터리가 해결되지 않으리라는 걸 암시한다. 운율이 그렇듯이 혼성어도 소리와 의미 사이의 관계에 의존하지만, 운율은 우리를 단어 밖으로 벗어나 다른 단어로 이동하게 한다.

「스나크 사냥」* 서문에서 캐럴은 다음의 단어들에 대한 험프티 덤프티의 생각으로 돌아간다. "내가 보기에는 혼성어처럼 단어 하나에 두 가지 의미가 담긴 것에 대한 험프티 덤프티의 이론이 모든 것에 대한 올바른 설명 같다. 예를 들어 'fuming(약이 오른, 불끈한)'과 'furious(몹시 화가 난)'라는 두 단어를 보자. 두 단어를 다 말하기로 결심하되, 어느 단어를 먼저 말할지는 결정하지 말고 놔두어라. (…) 만약 당신이 매우 희귀한 재능과 완벽하게 균형 잡힌 마음을 갖고 있다면, 당신은 'frumious'라고 말할 것이다." 여기서 캐럴은 혼성어가 단어들 또는 소리들을 재배열하고 그 결과 그것을 생성하는 "균형 잡힌 마음"처럼 균형을 이룬다는 점을 우리에게 상기시킴으로써 순

여행가방

서에 초점을 맞춘다. 혼성어는 당신이 말하고 싶은 것에 어떤 용어가 적합한지 선택하는 것이 아니다. 당신은 두 단어를 **모두** 말할 수 있다. 언어가 항상 선택에 관한 것이라면, 혼성어는 당신을 해방해 이런 제한으로부터 자유롭게 해준다. 캐럴에 따르면,「스나크 사냥」에서 "'Boojum'이라는 용어는 'book-jack'과 'boot-jam'으로 이루어진 혼성어다. 그리고 후자는 분명히 장화boot에서 뭔가를 꺼내지 못할 때, 심지어 하트 잭의 도움을 받고도[21] 그러지 못할 때(이제는 상황이 역전되었다) 일어나는 일이다." 여기서 '분명히'라는 말의 우스꽝스러움은 혼성어의 불가해성과 명확성을 모두 암시한다.

사람도 포트만토(대형 여행가방)일지 모른다. 1920년 캐서린 맨스필드가 쓴 소설「나는 프랑스어를 할 줄 모른다」의 화자인 라울 두케트는 이렇

---

* 루이스 캐럴의 난센스 시. 1874~1876년에 쓰였으며『거울 나라의 앨리스』에 나오는 초기 난센스 시「재버워키」에서 배경, 생물 몇 가지, 혼성어 여덟 개를 차용했다.

게 말한다.

나는 인간의 영혼을 믿지 않는다. 결코 그런 적이 없다. 나는 사람들이 마치 대형 여행가방 portmanteau 같다고 믿는다. 특정한 물건들로 가득 차고, 움직이기 시작하고, 던져지고, 넘겨지고, 버려지고, 분실되고 발견되고, 갑자기 반이 비워진다. 혹은 마침내 최후의 짐꾼이 그들을 최후의 기차로 데려가 덜거덕거리게 할 때까지 점점 더 뚱뚱하게 눌러 담긴다.[22]

두케트는 맨스필드 자신과 마찬가지로 망명자다. 파리에 사는 26세의 이 시인 지망생은 자신에게는 가족이 없고 어린 시절도 잊어버렸다고 말한

여행가방

다. 이 이야기는 그가 자신이 좋아하는 카페에서 (그 카페에 대해) 하는 사색으로 시작된다. 그곳에서 그는 삶을 거치고 죽음으로 향하는 여행가방으로서 고객의 이동을 상상한다. 라울 두케트의 유머러스한 표현에는 형언할 수 없는 자아도, 영혼도 존재하지 않는다. 그것은 단순히 "특정한 물건들로 꾸려져 있다".[23] 이런 관점에서 그는 "신고할 물건이 있습니까?"라고 묻는 '세관원'이 된다. "혹시 와인, 증류주, 시가, 향수, 실크를 가지고 있나요?" 그런 다음 체크 표시를 하기 직전 나에게 그런 물건이 있는지 생각하며 망설이는 또다른 순간이 있다. 아마도 이 순간들은 인생에서 가장 스릴 넘치는 두 순간일 것이다. "예, 있어요. 있습니다." 모든 사람은 망명자이며 그들은 당신을 속일 수 있다.

혼성어가 사물을 담는 단어라면, 책도 사물을 담는다. 세르게이 도블라토프는 1978년 소련을 떠날 때 가지고 온 물건들을 연대순으로 기록한 소설이자 회고록인 『여행가방』에 다음과 같이 썼다. "모든 책, 심지어 별로 심각하지 않은 책들까지 여행가방 모양을 하고 있는 데는 이유가 있다."[24] 책은 언어를 담는 여행가방이다. 실제로 어떤 여행가방에는 단어들이 담겨 있다. T. E. 로런스는 1919년 레딩역에서 『지혜의 일곱 기둥』의 원본 원고가 든 여행가방을 잃어버렸을지도 모른다. 아니면 그가 원고를 불태웠을 수도 있다. 1997년에 1922년 것으로 추정되는 타이핑 원고가 발견되어 이 미스터리에 대한 관심을 다시금 불러일으켰다. 1922년, 어니스트 헤밍웨이의 글이 담긴 작은 여행가방이 파리 리옹역에서 도난당했다. 그 안에는 그의 첫번째 아내 해들리 리처드슨이 헤밍웨이가 몇 주 동안 머물고 있던 스위스 로잔으로 가져가려고 꾸린 원고와 카본지로 만든 그 원고의 사본이 들어 있었다. 그녀는 기차가 출발하기 전에 여행가방을 잠시 놓아두었고, 다시 돌아와보니 가방이 사라지고 없었다. 다음해 1월, 헤밍웨이는 이 상실에 관해 에즈라 파운드에게 편지를 썼다.

내 초기 작품들이 분실되었다는 소식 들으셨지요? 무엇이 남아 있는지 보려고 지난주에 파리에 갔다가, 해들리가 카본지 사본을 포함해 원고를 모두 잃어버렸다는 걸 알았습니다. 나의 완전한 작품들 중 남은 것은 나중에 폐기할, 연필로 쓴 하찮은 시 초안 세 개, 존 매클루어와 주고받은 서신 약간 그리고 취재 원고 사본 약간뿐이에요. 당연히 당신은 "괜찮아요" 같은 말을 할 테지만, 나에게는 하지 마세요. 나는 아직 그런 기분에 도달하지 못했으니까요. 그 빌어먹을 것을 작업하느라 3년이 걸렸단 말입니다.

절망과 경솔함이 섞인 헤밍웨이의 태도는 도난당한 여행가방을 추적하는 일의 어려움을 말해준다. 그는 사후인 1964년에 출판된 『파리는 날마다

123

축제』에도 이 일에 대해 썼다.

　　나는 죽음 또는 참을 수 없는 고통 외의 다른 것으로 상처 입은 사람을 본 적 없었다. 그것들이 사라졌다고 나에게 말하던 헤들리를 제외하면 말이다. 그녀는 울고 또 울었으며 차마 나에게 사실을 말하지 못했다. 나는 그녀에게 어떤 무서운 일이 일어나더라도 그 정도로 나쁠 수는 없으며, 그것이 어떤 일이든 다 괜찮으니 걱정하지 말라고 했다. 우리는 해결할 수 있다고. 잠시 후 마침내 그녀가 나에게 사실을 말했다. 그녀가 카본지 사본조차 가져오지 못했다는 걸 알게 되자, 내 신문사 일을 대신해줄 사람을 고용했다. 당시 나는 저널리즘 분야에서 많은 돈을 벌고 있었다. 나는 파리행 기차를 탔다. 그녀의 말은 정말로 사실이었고, 그것이 사실임을 알게 된 후 내가 밤에 아파트에 들어가 무슨 짓을 했는지 기억한다.[25]

그가 파리로 돌아가자 두 가지 상실이 밝혀진다. 첫째, 여행가방을 잃어버렸다는 상실. 둘째, 카본지 사본이 그들의 아파트 안에 아직 있을지도 모른다는 희망의 상실. 이 두 가지가 상실되면서 원고는 말 그대로 흔적도 없이 사라진다. 여행가방을 도난당했을 때 헤밍웨이의 책은 아직 출판되지 않았다. 이 손실은 이후 헤밍웨이 신화와 그의 경력을 해설하고 이해하는 데서 중요한 부분이 되었다. 부재할 때, 페이지가 없을 때 예측된 대로. 이것은 잃어버린 원고에 관한 이야기일 뿐만 아니라, 당시 조국을 떠나 파리에 거주하던 작가들의 공동체를 정의하는 이주에 관한 이야기이다. 여행 그리고 여행 도구에 관한 이야기이기도 하다. 우리는 여행가방의 내용물이 어떻게 되었는지 궁금해한다. 짐작건대 도둑은 자신이 발견한 것에 실망했을 것이다. 그리고 아마도 그 종잇장들을 훼

손했을 것이다. 그것들을 버렸을 것이다. 여행가방은 버리지 않고 보관했을 가능성이 크다. 그 가방은 저쪽 어딘가에, 벽장 안이나 침대 밑에 여전히 있을 것이다.

오르한 파묵은 2006년 노벨상 수상 연설에서 자기 아버지의 글에 관해 이야기했다. 그의 아버지는 수년 동안 그 작품을 혼자 보관해오다가, 어느 날 그것을 여행가방에 담아 파묵에게 건네주었다. "우리는 책들로 둘러싸인 내 서재 안에 있었다. 아버지는 괴로운 짐에서 벗어나고 싶은 사람처럼 여행가방을 내려놓을 곳을 찾아 주위를 헤맸다. 마침내 그가 여행가방을 한쪽 구석에, 눈에 띄지 않게 조용히 놓아두었다."[26] 묵은 책들에 둘러싸인 채 파묵은 그가 책이 되지 못한 공책들, 아버지의 창의적 결과물을 대표하는 공책들로 가득한 여행가방의 "신비스러운 무게"라고 부르는 것에 관해 생각한다. 그는 "자물쇠가 달렸고 모서리가 둥근 작은 검은색 가죽 여행가방"을 알아보고, 그가 아이였을 때 아버지가 그 안에 서류들을 넣어가지고 다니며 출퇴근하던 것을 기억한다. 그는 가방을 열고 아버지의 글을 읽는 것이 두렵다. 작가가 된다는 것이 무엇을 의미하는지, 행복하다는 것이 무엇을 의미하는지에 관해 그것이 무엇을 드러낼지 두렵다. 파묵은 아버지가 행복하다고 생각한다. 그러나 그 자신은 행복을 얻는 일이 힘들었다. 그 여행가방은 두 남자 사이의 관계 그리고 세상의 다양한 존재방식들 사이를 매개한다.

그렇다고 여행가방이 아버지와 아들 사이의 사랑과 걱정스러운 관계만을 상징하는 것은 아니다. 그것은 또한 지리적 망명의 느낌, 작가가 이스탄불에서 경험하는 "사물의 중심에서 멀리 떨어진 지방에 살고 있다"는 망명의 느낌, 즉 세상으로부터 단절된 느낌에 대한 이야기를 들려준다. 여행가방은 여행의 냄새를 풍긴다. 파묵의 아버지는 가족을 떠나 파리에서 글을 쓰며 시간을 보냈다. 그리고 공책들을 가지고 돌아왔다. 그 여행가방에는 그 상냥하고 사교적인 남자가 가진 다른 면모의 증거물이 담겨 있다. 그것은 그의 불만을 드러내 보여준다. 파묵은 그것을 "한 사람을 작가로 만들어주는 기본 자질"로 본다. 그 여행가방에는 불만을 야기하는 숨겨진 생각과 말이 담겨 있다.

아버지의 여행가방을 응시하자니, 그것이 25년 동안 튀르키예에서 작가로 살아남기 위해 서재에서 일한 뒤 나에게 불안을 유발한 어떤 것의 일부 같았다. 아버지가 자신의 깊은 생각을 그 여행가방 안에 숨기는 모습을 보니 안타까웠다. 마치 글쓰기가 사회, 국가, 국민의 눈에서 멀

여행가방

리 떨어져 은밀하게 이루어져야 하는 일인 듯 행동하는 모습을 보니 안타까웠다.

그 여행가방에는 작가들의 경우가 그렇듯이 '새로운 세계'를 창조한 자아가 숨어 있다. 아버지의 공책을 읽는 일에 대해 말할 때, 파묵은 기억의 어려움에 관해 이야기한다. "아버지는 무엇에 관해 썼을까? 나는 파리의 호텔들에서 본 몇몇 풍경, 시 몇 편, 역설들, 분석들을 떠올린다. (…) 글을 쓸 때 나는 마치 교통사고를 당한 뒤 그 일이 어떻게 일어났는지 기억하려고 애쓰는 동시에 너무 많은 것을 기억하게 될까봐 두려워하는 사람이 된 듯한 느낌이 든다." 그들은 결코 공책에 대해 이야기하지 않는다.

다음날 아침 일찍 일어난 덕분에 애틀랜타로 향하기 전 시내를 둘러볼 시간이 있었다. 기념품 상점에 가고 싶었다. 대부분의 사람들은 기념품이 쓰레기라고 생각하지만 나는 기념품을 좋아한다. 아름답고도 추한 값싼 물질적 기억, 의미가 가득한 공허하고 아무것도 아닌 것들. 나는 밀리를 데리고 산책을 한 다음 밀리를 모텔 방의 침대에 누워 있게 두고 계단을 내려가 풍차 밖으로 나갔다. 모텔의 청소 담당 직원들이 본관의 방들을 치우는 중이고 우리는 인사를 나눈다. 다른 방들에는 손님이 별로 없는 것 같다.

모텔 진입로를 따라 시내 중심가로 걸어내려간 다음, 상점과 식당들 방향으로 좌회전한다. 저멀리 보이는 알프스 테마의 여러 체인 모텔—아마도 햄

튼모텔?—뒤에 강이 있다. 강은 조용하고 슬퍼 보인다. 나는 샤를마뉴왕국(문이 닫혀 있다)이라고 불리는 박물관 앞을 걸어서 지나간다. 픽업트럭 한 대가 박제된 북극곰을 뒤에 태우고 지나간다. 한 블록 앞에서 트럭이 신호등에 멈춰 선다. 나는 트럭을 따라잡으려고 속도를 높인다. 남자 두 명이 트럭에서 곰을 내려 보도에 놓는다. 곰은 발을 뻗어 오소리와 싸우고 있다. 털이 엉망이 되어서 다듬어줘야 한다. 이슬비가 내리고 있고, 나는 곰이 젖을까봐 걱정된다. 남자들이 다시 곰을 들어올려 골목길로 데려갔고, 곰은 모습을 감추었다.

나는 온갖 사이즈의 나막신을 판매하는 상점 안으로 들어갔다. 실제 나막신과 나막신 미니어처에다 나막신 마그넷도 있었다. 벽에도 나막신들이 줄지어 진열돼 있다. 나는 나막신 미니어처 몇 개를 산다. 길 건너편에는 뻐꾸기시계 전문 상점이 있다. 나는 냉장고용 마그넷 몇 개를 골랐다. 커다란 맥주잔 모양의 마그넷, 아래에 "조지아주 헬렌"이라고 새겨진, 서로 입맞춤하는 금발의 아이들 마그넷, 바이킹 배 모양의 마그넷, 러시아 마트료시카 인형 마그넷. 뻐꾸기시계도 두어 개 있다. 물건들이 꽤나 뒤섞여 있다. 여기서 산 기념품을 집에 있는 내 수집품에 몇 개 추가하고 몇 개는 사람들에게 나눠줄 생각이다. 스노볼도 하나 사기로 결정하고 모든 것을 카운터로 가져간다. 카운터 뒤의 나이든 남자가 가게에 있는 다른 손님 두 명과 이야기를 나누고 있다. 그 남자가 주인 같다. 다른 손님들이 떠나고 그가 내게로 몸을 돌린다. 우리는 비 그리고 나의 마그넷 선택에 관해 짧은 대화를 좀 나눈다.

"언젠가 다시 와서 진짜 시계를 사야겠어요." 내가 말한다.

"그러세요." 그가 대꾸한다.

모텔로 돌아와 마그넷들을 옷에 싸서 여행가방의 자동차 여행 면에 넣어둔다. 업무용 옷으로는 갈아

입지 않는다. 당분간 가방의 그쪽 면은 지퍼로 잠가
둔다. 다음 목적지에 도착해서 갈아입을 것이다. 여
행가방을 풍차 밖, 계단 아래로 끌고 내려와 차에 싣
는다. 밀리가 차 안으로 뛰어오른다.

다음 목적지: 애틀랜타.

3. 짐 꾸리기

짐 꾸리기는 여행의 첫 단계다. 그 여행이 의도된 것이라면, 당신이 하기로 선택한 것이라면 말이다. 여행은 부분적으로는 그 의도성 또는 목적성으로 정의된다. 바로 이것이 여행이 우리가 공간을 이동하는 다른 방식들과 다른 점이다. 여행은 강제로 집을 떠나야 하는 비극적인 사건과는 다르며, 매일 아침 직장에 일하러 가는 것과 같은 평범한 이동과도 다르다. 직장이 집에서 매우 멀다고 해도 말이다(그것은 여행이 아니라 출근이다). 여행은 "다양한 인물, 사회적 관계, 활동들을 구분하는 의미 있는 경계를 넘어가는 모든 이동"[1]이라고 표현할 수 있다. 여행할 때 당신은 집을 뒤로하고 떠나기로 선택하는 것이다. 그리고 해외에서 당신의 수하물, 당신의 여행가방은 대개 당신 가정의 정수, 즉 당신 집의 축소판이다. 이것이 바로 우리가 '떠돌이 생활을 하다living out of a suitcase'라고 말하는 것의 의미이다.

리처드 포드는 1940년대의 자기 부모에 관해 글을 쓰면서 주중에 출장을 갔던 세일즈맨 아버지가 집에 돌아와서도 짐을 풀지 않던 일을 회상한다.

대개 그는 집에 없었다. 내 아버지 말이다. 그래도 주말에 그의 포드 자동차가 연석에 주차되어 있던 것이 기억난다. 집에서, 화장실에서 그의 소리가 나던 것이, 그가 침대에서 코를 골던 것이 기억난다. 나는 그의 체격을 기억한다. 결코 풀지 않던 그의 여행가방. 그의 잔돈, 지갑, 주머니칼, 손수건, 시계 등이 그의 침대맡 테이블 위에 놓여 있었다(그들은 더이상 함께 자지 않았다).[2]

그의 소지품들이 일시적이나마 그를 집에 좌초시키긴 했지만, 여행가방은 그가 언제나 여행하고 있음을, 항상 집을 떠나 있음을 상기시켰다. 포드는 그의 부모 사이의 친밀감에 대해 썼다. 그 친밀감은 그들이 결혼 초기에 함께 여행—그들 둘만의 길 위의 삶—을 하면서 형성되었고, 포드가 태어나자 어머니는 집에 머물렀다. 괄호 안에 적힌 말("그들은 더이상 함께 자지 않았다")이 반드시 불행하거나 긴장된 결혼 생활을 암시하는 것은 아니며, 가죽 여행가방의 계속되는 존재 속에서 그 역시 느꼈던 상황의 변화를 의미한다.

우리의 여행가방은 우리를 유랑자, 집이 없는 사람, 더 나아가 소지품을 넣을 벽장과 서랍장도 없는 사람으로 정의한다. 여행가방에는 우리가 가지고 가기로 선택한 물건, 우리가 필요할 거라고 생각하는 물건들이 들어 있다. 이런 물건들을 선택하는―꾸리는―행위는 미지의 것을 상상하고 그것을 이해하고 준비하려는 연습이다. 비가 올 가능성이 있을까? 그렇다면 우산이 필요할지도 모른다. 실용적인 신발이 필요할까? 아니면 멋진 정장용 신발이 필요할까? 아마 둘 다일 것이다. 어떤 사람들은 빠뜨리는 것이 없도록 꾸리고 싶은 물건들의 목록을 만든다. 뭔가를 빠뜨리고 짐 속에 꾸리지 못할까 염려하는 것은 우리가 여행할 때 느끼는 근본적인 불안이다. 호텔과 모텔들은 체크인 데스크에다 심지어 객실 화장실에까지 "빠뜨린 물건은 없나요?"라고 묻는 표지판을 설치해 이런 불안감을 나타낸다. 그런 다음 면도기, 칫솔 등 당신이 빠뜨리고 온 물건을 대체할 (제한적이고 임의적으로 보이는) 물건들이 준비되어 있음을 당신에게 보장한다. 쟁반 위에 가지런히 놓인 호텔의 소형 세면용품들은 특정 물품들이 제공되리라는 걸 알기에 당신이 그것들을 두고 왔을 거라고 전제한다. 잊고 가져오지 않은 편의도구들에 대한 이러한 신호는 당신이 짐 꾸리는 일에 불완전하고, 더 나아가 불완전한 여행자임을 상기시킨다. 당신은 부족함으로 정의된다.

여행가방은 채워지기를 요구한다. 그것은 비어 있음과 충만함, 이 두 상태 사이를 왔다갔다하는 용기容器로 정의된다. 여정이 길거나 목적지가 멀 경우, 우리는 필요할 거라고 생각하는 물건들의 목록을 만들 가능성이 크다. 뭔가를 빠뜨리지 않을까 하는 두려움이 우리를 무겁게 짓누른다. 우리는 이 목록을 적어내려갈 수도, 그것을 머릿속에 간직할 수도 있다. 어떤 사람들은 짐 속에 무엇을 꾸릴지 거의 생각하지 않는다. 또다른 사람들에게 짐 꾸리기는 수년에 걸쳐 만들어진 규칙과 습관에 지배되는 열정적인 의식이다. 내 친구중 한 명은 옷을 화장지로 싸고 그중 몇 벌은 지퍼백에 넣는다. 내 경우 지퍼백 포장은 젖은 수영복

에만 적용해온 관행이다. 몇 년 전 그 친구가 짐을 싸는 데 엄청나게 오랜 시간이 걸릴 거라고 생각했던 것이 기억난다. 하지만 나중에는 그것이 요점의 일부라는 생각이 들었다. 내 친구는 짐 꾸리기의 과정과 그 정확성을 모두 좋아했다. 또다른 친구는 옷을 전부 돌돌 만 뒤 조심스럽게 차곡차곡 쌓아 가지런히 정리한다. 나는 작은 여행가방 두 개가 아니라 큰 여행가방 하나에 두 사람의 짐을 모두 꾸려 가지고 다니는 커플과 그런 일은 상상도 못할 커플을 안다. 짐 꾸리기는 물건들을 서로 관련지어 배열하고 퍼즐처럼 한데 맞추는 행위이다.

또한 짐 꾸리기는 포함과 배제에 관한 문제다. 침대 위에 옷들을 펼쳐놓고 살펴본다. 우선 어떤

여행가방

크기의 가방 또는 여행가방을 가져갈지 결정해야 한다. 적당한 크기. 적당한 무게. 칸도 적당하게 나누어진 것. 비행기를 타는가, 아니면 자동차를 운전해서 가는가? 가방 검사를 받는가, 받지 않는가? 가방을 하나 이상 가져갈 수 있는가? 때때로 우리는 사람들에 대해 '짐을 잘 꾸린다, 잘 못 꾸린다'라고 말하는데, 이런 가치판단은 자신이 필요로 하는 것을 얼마나 효율성 있게 결정하는가와 관련된다. 오늘날에는 짐을 가볍게 꾸리는 것을 잘 꾸리는 것으로 간주하는 경향이 있으며, 자기 짐을 능숙하게 관리하는가 여부로 노련한 여행자를 식별할 수 있다(공항터미널을 가로질러 행진하는 승무원들을 생각해보라. 그들의 뒤에는 바퀴 달린 검은색 여행가방이 있고, 그 여행가방 꼭대기에 작은 검은색 가방이 묶여 있다). 어떤 모험에는 많은 짐이 필요하고, 다른 모험에는 거의 아무것도 필요 없다. 잭 케루악은 『길 위에서』의 시작 부분에 자신의 출발에 관해 다음과 같이 썼다. "그리하여 어느 날 아침 내 책상 위에 절반쯤 쓴 두꺼운 원고를 올려놓고 마지막으로 내 편안한 침대시트를 개어놓은 후, 기본적인 물건 몇 개를 담은 캔버스 가방을 들고 집을 나섰다. 주머니에 50달러를 넣고 태평양으로 출발하는 여행이었다."[3] 그의 캔버스 가방은 버스 여행이나 히치하이킹에 적합하며, 그 안에 든 내용물은 별로 중요하지 않다. '기본적인 물건'이란 그저 서부 여행의 낭만적인 목표와 공명하는 문구일 뿐이다.

목적지에 도착할 때까지는 짐을 잘 꾸린 건지 어떤지 알 수 없다. 하루 정도 지난 후, 폭풍우가 지나간 후, 혹은 특정한 옷차림을 요하는 예상치 못한 초대를 받은 후에야 그것을 알 수 있다. 바로 이때가 당신이 짐을 잘 꾸렸는지 명확히 밝혀지는 순간이다. 바로 이때가 당신에게 무엇이 있고 무엇이 없는지 알게 되는 순간이다. 실제로 짐 꾸

여행가방

리는 일이 어렵고 스트레스가 많다는 사실을 우리에게 상기시키거나 확신시키고 그것에 관한 지침과 조언을 제공하는 업계가 존재한다. 〈마사 스튜어트 리빙〉이나 〈리얼 심플〉 같은 잡지들은 짐 꾸리기에 관한 기사들을 끝없이 게재하는데, 때때로 이 기사들에는 우리가 필요에 맞게 바꿀 수 있는 짐 꾸리기 목록이 포함된다. 이런 체크리스트는 "해변 휴가 준비물 목록"이나 "스키 여행 준비물 목록" 등 갖가지 휴가의 성격에 맞게 변주되며, 가끔은 우리의 짐 꾸리기 "필수품들"을 여러 범주(액세서리, 의류, 장비, 건강 및 미용 용품 등)로 나누어 더욱 질서 있고 정돈된 느낌을 준다. 모든 수행 단계를 살펴보고 싶을 때 도움이 되는 영상도 있다. 해변 신혼여행을 위한 짐을 어떻게 꾸려야 할지 궁금한가? 상투적인 목록을 보려면 〈리얼 심플〉을 참고하면 된다. 란제리, "로맨틱한 향이 나는" 여행용 양초(아마도 소나무 향은 아닌 것으로 추정되는?), 거품목욕용 입욕제에다 향이 나는 마사지 오일도 잊지 말라. 피임 도구도. 해변 신혼여행을 위한 "추가" 섹션에서는 알로에베라

젤이나 애프터선 크림, 햇빛 가림용 모자, 여분의 수영복, 수영복 위에 걸치는 가벼운 겉옷을 가져가야 한다고 알려준다. 또 양장본보다 가볍다는 이유로 "문고본" 책도 가져가야 하는데, 이것은 여성용의 가벼운 "해변 소설"[4]을 암시하기도 한다. 그것들은 책이 아니다. 본디 책은 무게나 내용 면에서 모두 무겁다. 그것들은 그냥 문고본일 뿐이다.

짐 꾸리기 업계에 따르면, 짐 꾸리기는 평범한 활동이 아니라 배울 수 있는 전문적 기술이다. 이 업계는 자조산업의 언어와 이념에 크게 의존하며, 이 기술을 익히면 더 나은 사람, 더 행복한 사람이 될 거라고 약속한다. 짐 꾸리기 기술 숙달에는 소비가 포함되는 경향이 있다. 우리의 필요에 더 적합한 여행가방이 항상 있고, 화장품들을 정리하는 데 더 효율적인 가방도 항상 있다. 여행가방에 더 많은 공간을 만들어주는 이글크릭의 압축식 짐 꾸리기 가방이 자주 추천된다. 이 가방을 사용하면 평소보다 더 많은 짐을 꾸릴 수 있으며 동시에 간소하고 효율적으로 짐을 꾸린다는 확신을 준다. 좀더 호화로운 흐름을 살펴보고 싶으면 여행, 라이프스타일, 패션을 다루는 잡지 〈슈트케이스〉의 '무엇을 꾸릴까' 섹션을 보면 된다. 이 섹션은 "HOT, COLD, CITY, ACTIVE, 100ML"(마지막 범주는 뷰티 제품에 할애된다)라는 다소 특이한 범주로 나뉘어 있으며, 각 범주에 속하는 물품들을 모두 구매할 수 있다. 여행가방 브랜드 어웨이는 "완벽한 여행가방"을 제조한다고 주장할 뿐만 아니라, 자사 홈페이지 '더 업그레이드'의 "지퍼 열기Unzipped" 시리즈로 제트족들의 패셔너블하고 창의적인 짐 꾸리기 방법을 보여주어 소비자의 욕구를 자극한다. 이 시리즈는 묻는다. "수하물 찾는 곳에 서서 다른 사람의 여행가방 안에 무엇이 들어 있는지 궁금해한 적이 있나요? 그 대답이 여기에 있습니다." 각 항목들―"위스콘신에서 지퍼 열기" "프랑스에서 지퍼 열기" 등―에는 여행자가 가져갈 필수품 목록과 열린 어웨이 여행가방 속 내용물의 사진이 있다. 멜린앤게츠 제품부터 89달러짜리 제이크루 줄무늬 티셔츠까지 구매 가능한 모든 제품의 링크가 있어서, 당신도 구입해 여행가방에 담아갈 수 있다.

　'여행 전문가'와 승무원 같은 '여행 내부자'들은 종종 여행가방 꾸리는 이상적인 요령을 알려준다. 이런 내부자들은 엘리트 클럽의 회원들만 아는 정보를 주겠노라 약속하며, 독자는 그 집단에 속하고 그 '비밀들'을 알기를 열망할 수 있다. 조언은 다음과 같은 두 가지 범주로 분류되는 경향이 있다. 명백한 것(주름이 가기 쉬운 직물은 짐 속에 꾸리지 마세요, 우선적으로 필요한 물건을 맨 위에 놓으세요) 그리고 당황스러운 것("모든 것을 뽀송하게 유지"하기 위해 옷들 사이에 건조용 시트를 까세요). 전자는 여행가방을 선택하는 문제로까지 확장된다. 당신의 여행가방이 수하물 컨베이어 위에서 돋보이길 바라는가? 그렇다면 검은색보다는 밝은 색상의 여행가방을 선택하라. 하지만 훌륭한 짐 꾸리기의 요건이 무엇인가에 대한 생각은 무척이나 규범적이다. 이것은 모든 사람이 여행할 때 거의 같은 물건들을 필요로 한다는 이해에 기반한다. 별난 짐 꾸리기는 성격의 문제다. 실용성과는 거리가 멀고 여행에 필요한 것들에 대한 기대에 지장을 초래하곤 하므로. 짐 꾸리기 업계는 우리 모두가 별난 괴짜가 될 수는 없으며 그런 것을 열망할 필요도 없다고 말한다.

짐을 잘 꾸리는 사람은 점쟁이다. 그녀는 미래를 내다보고 무엇이 필요할지 예상한다. 완벽하게 정리된 여행가방은 그녀의 완벽하게 정리된 삶의 상징일 뿐만 아니라, 여행의 예측 불가능성에 대한 그녀의 통제력을 보여준다. '그녀'라고 말하는 이유는 이 업계의 타깃 중 여성이 압도적으로 많기 때문이다. 이는 여성의 짐 꾸리기 능력이 형편없다는, 여성들은 여행할 때 너무 많은 물건을 필요로 하고 바란다는 진부한 여성혐오 문화에 의존하고 종종 그것을 강화한다. 이런 성격상의 결함은 때때로 계층에 기인한다. 멜 브룩스의 1987년 코미디 SF 영화 〈스페이스볼〉에서 베스파 공주는 특권의 표시인 여행가방 세트, 우스꽝스러울 정도로 거대한 여행가방 세트를 가지고 여행한다. 꽃무늬가 프린트된 그녀의 여행가방들을 잔뜩 짊어진 조수 바프는 그것들에 대해, 경멸하듯 "전하의 여행가방 세트!"라고 말한다. 실제로 그녀의 여행가방 중 하나에는 여성적 허영심의

여행가방

궁극적 상징인 클라스 올드버그* 스타일의 거대한 헤어드라이어가 들어 있다. 마찬가지로 1989년의 코미디 영화 〈비버리 힐스 돌격대〉에서 필리스 네플러는 걸스카우트 단원들과 함께 캠핑을 갈 때 조르지오비벌리힐스의 노란색과 흰색 줄무늬 여행가방 세트를 가져간다. 그들은 대충 하지 않을 것이다. 짐을 너무 많이 꾸리는 것은 당신이 지나치게 여성스러워지고 있다는 신호일 수도 있다. 여장 장면이 등장하는 1959년의 고전 코미디 영화 〈뜨거운 것이 좋아〉에서 잭 레몬이 연기한 대프니의 속이 꽉 찬 여행가방은 레몬의 남성 자아인 제리가 옷에 집착하는 여성으로 변모하고 있음을 보여준다. 2010년 〈데일리 메일〉은 트래블슈퍼마켓닷컴에서 의뢰한 연구를 인용해 헤드라인에서 "놀랄 일도 아니다. 여성들은 휴가를 갈 때 너무 많은 짐을 챙긴다"라고 불쾌한 어조로

---

* Claes Oldenburg(1929~2022), 스웨덴의 팝 아티스트. 일상적인 사물을 대형 조형물로 만드는 작업으로 유명하다. 서울 청계천 초입에 자리한 조각품 〈스프링〉의 작가이기도 하다.

선언했다.[5] 그러나 영화사상 가장 효율적으로 짐을 꾸리는 사람은 아마도 〈이창〉(1954)의 그레이스 켈리일 것이다. 그녀의 우아하고 아주 조그마한 마크크로스 여행가방에는 지미 스튜어트와의 하룻밤 잠복을 위한 하얀 네글리제 한 벌만 들어 있다.

효율적인 짐 꾸리기는 수많은 자기계발서의 주제이기도 하다. 캐슬린 아미치의 『여성, 도로의 전사: 여성을 위한 비즈니스 여행 가이드』에는 '완벽한 여행가방 꾸리는 방법'에 대한 조언이 포함되어 있다. 수전 포스터의 『오늘날의 여행자를 위한 영리한 짐 꾸리기』와 앤 맥앨핀의 『끝내라: 영리하게 여행하고, 가볍게 짐을 싸라』(DVD 포함)도 효율적인 완벽함을 약속한다. 포더스

Fodor's*에는 '짐 꾸리는 방법' 코너가 있으며, 론리플래닛에서도『모든 여행을 위한 짐 꾸리는 법』을 발행하고 있다. 히타 팔레푸의『짐 꾸리는 법』은 휴대성마저 좋아 보인다. 갈색 가죽으로 가장자리를 장식하고 수하물 태그를 단, 여행가방과 비슷하게 디자인된 이 슬림한 책은 독자에게 "이제 완벽하게 짐을 꾸릴 시간이다. 매번, 여행할 때마다, 당신의 여행은 여기서 시작된다"라고 알려준다. 여기서 짐 꾸리기는 여행으로 접혀들어간다 (말장난을 하려는 의도는 아니다). 이것은 자조산업이 가장 좋아하는 용어 중 하나인 '여정'의 일부다. "어떤 여행이든 영리하게"라는 부제는 이 책이 다루는 범위가 넓음을 알려준다. 이 책은 당신이 모든 여행에 대비하게 해줄 것이다. "당신이 무엇을 어떻게 꾸리는지가 곧 당신이 누구인지를 말해준다"라는 뒤표지의 자신감 넘치는 주장은 가

* 여행 가이드와 관광 정보를 제공하는 온라인 서비스. 1936년 헝가리인 유진 포더가 만든 최초의 유럽대륙 여행 가이드를 모체로 한다.

장 강력한 자조自助의 이데올로기다. 즉 짐을 꾸리는 것은 자아의 확장이며 그것을 잘 못하는 건 나쁜 일이다. 당신의 성격은 말로 표현할 수 없는 어떤 것이 아니다. 그것은 당신이 인생의 평범한 일들을 얼마나 잘 해내느냐에 달렸다. 실제로 이 '집중 코스'의 첫 단계는 독자가 각자 자신의 '짐 꾸리기 스타일'을 파악하는 것이다. 좋은 소식은 짐 꾸리기가 가치 있는 피카소의 활동이라는 것이다. 다시 말해 이것은 단순히 기술이 아니라 예술이다("완벽하게 꾸려진 여행가방의 예술").

이 책이 말하는 격언들은 티셔츠를 돌돌 말고 신발 속에 양말을 넣는 일처럼 소소하지 않고 로마를 건설하는 일만큼이나 거창하다. 독자는 "성취할 가치가 있는 모든 일은 준비를 요한다"라는 정보를 얻는다.[6] 그리고 책 끝 부분에 있는, 찢어 내서 개인의 여건에 맞게 변주할 수 있는 여덟 개의 짐 꾸리기 목록에서는 5일간의 여행을 위한 오전과 오후용 '의상' 목록을 계획해보라고 권한다. 저자가 "영업 비밀"이라고 부르는 이 목록을 완성하는 것이 이 책이 교육하고자 하는 정점이다. 완벽함이란 쉽게 달성되지 않음을 독자가 알게 될 테지만 말이다. "내 간결한 방법은 처음에는 도전적으로 느껴질 것이다(첫 시도에서 짐을 가볍게 꾸리기를 기대하지는 마라). 하지만 가능한 한 많이 쳐내도록 당신 자신을 밀어붙여라. 그러면 짐 꾸리기 기술에 점점 자신감이 생기면서 그 과정이 믿을 수 없을 만큼 만족스럽다는 걸 깨달을 것이다." 믿을 수 없을 만큼 만족스럽다. 물론 이것은 마음의 자조이다. 목표는 누구든 쉽게 성취할 수 있는 단순히 좋은 여행이 아니라, 일시적인 깊은 행복감이다. 이 행복은 완벽한 짐 꾸리기를 성취하는 데서 온다. 그러나 그런 일은 불가능하다. 여행자는 결코 모든 것을 예상할 수 없고, 모든 것을 알 수 없다. 모든 것을 준비할 수 없고, 모든 것을 포함할 수 없다. 특정한 물건을 가져왔다면 좋았겠다고 생각하지 않는 여행자는 드물다. 그러므로 짐 꾸리기는 당신이 여행가방 속을 샅샅이 뒤지다가 떠나온 집을 그리워하게 될 거라는 사실을 아는 일이기도 하다.

짐 꾸리기에 대한 조언은 낭비의 망령에 시달리곤 한다. 낭비는 무서운 일이다. 공간을 낭비해선 안 되고, 불필요한 물건을 가져와서도 안 된다. 여행가방에는 늘 한계가 있다. 무한한 여행가방 같은 것은 없다. 몇 년 전 내 어머니는 산티아고 순례 길을 걸을 때 배낭에 무엇을 쌀지 결정해야 했다. 어떤 사람들은 물건을 너무 많이 지고 순례를 시작했다가 도중에 그것들을 버리기도 한다. 어머니는 어떤 물건을 얼마나 가지고 가는 것이 적절할지 확인하기 위해 출발하기 전 등에 배낭을 메고 새크라멘토 주변을 걸어다녀보았다. 그후 어떤 물건들은 꺼내고 다른 물건들을 넣었다. 그렇게 적절한 물건들을 가지고 스페인으로 갔다. 시인 앨리스 오스왈드는 데번의 다트강을 따라 걸을 때 그녀의 배낭 안에 들어 있던 내용물에 대해 썼다.

여분의 양말, 나침반, 지도, 개울물을 마실 수 있게 해주는 정수 장치 등 9킬로그램의 짐을 등에 짊어진 채 등산화를 신고 걸으며 아침 공기에 퍼지는 찬 기운을 바라본다,

텐트, 손전등, 초콜릿, 그 밖에는 물건이 별로 없다.

책 없이, 냄비 없이, 외로움을 지탱하게 해줄 막대기도 없이 텐트 문 앞에 우두커니 앉아 있는 지경에 이르면, 저녁식사 후 잠들기까지의 시간은 꽤나 길고 거의 견딜 수 없을 지경일 것이다.[7]

155

물건들이 없는 상태—그녀가 가지고 있지 않은, 물품 목록에 없는 물건들—로 장기간의 외로움을 측정할 수 있다. 그녀는 텐트 문 앞이라는 경계 공간에 앉아 일련의 **없음**들을, 존재하지 않는 물건들을 느낀다. 그녀의 유한한 배낭은 그 안에 담긴 물건뿐만 아니라 담기지 않은 물건에 의해서도 정의된다. 프랑스의 철학자 롤랑 바르트는 유한한 공간에 관해 말했다. 에세이 「노틸러스호와 취한 배」에 세상을 축소하고 둘러싸려 한 쥘 베른의 환상에 대해 썼다.

베른은 풍요로움에 대한 집착이 있었다. 그는 세상에 마지막 손질을 하고 달걀처럼 가득 채워 설비를 갖추는 일을 멈추지 않았다. 그의 경향은 정확히 18세기 백과전서파나 네덜란드 화가들의 그것이다. 세상은 무한하며 인접한 셀 수 없는 사물들로 가득 차 있다는 인식 말이다. (…) 베른은 낭만적인 탈출 방법이나 무한에 도달하려는 신비주의적 계획을 통해 세상을 확장하려고 결코 애쓰지 않았다. 그는 끊임없이 세상을 수축시키고, 세상에 사람을 거주시키고, 나중에 인간이 편안하게 살 수 있는 이미 아는 닫힌 공간으로 축소하려고 노력했다. 세상은 그 자체로부터 모든 것을 끌어낼 수 있다. 세상이 존재하기 위해서는 인간 말고는 아무도 필요하지 않다.[8]

바르트가 볼 때 베른은 둘러쌈이라는 개념에 사로잡혀 있었다. 예를 들어 배는 출발을 의미하는 것이 아니라, 유한한 서식지를 만들려는 열망을 뜻하는 "둘러쌈의 상징"이다(아르튀르 랭보의 시 「취한 배」는 베른의 『해저 2만 리』의 영향을 받았다). 그것은 환상이다. 모든 것을 가지고 떠날 수 있다고 생각하는 것 말이다. 이 환상에서는 다른 것 대신 하나를 선택할 필요가 없다. 집을 두고 떠

날 필요도 없다. 다른 곳에서 꽉 채워 완전하게 재
창조하면 된다. 또 바르트는 은둔에 대한 베른의
이해가 유년기와 연관된다고 주장한다.

> 여행에 대한 상상은 둘러쌈에 대한 탐험과 상
> 응하며, 베른과 유년기의 양립 가능성은 모험의
> 진부한 신비성에서 기인하는 것이 아니라, 반대
> 로 오두막과 텐트에 대한 어린아이의 열정에서
> 찾아볼 수 있는 유한에 대한 공통된 기쁨에 기인
> 한다. 자신을 가두는 것, 정착하는 것, 이런 것이
> 유년기와 베른의 실존적 꿈이다.[9]

유한함―오두막 또는 텐트―에 대한 이러한 사
랑은 곧 "세상을 재-창조"[10]하는[하고 있는] 방

법이다. 조지프 코넬의 유리 종, 『걸리버 여행기』의 릴리푸트섬, 인형의 집과 같은 닫힌 세계에 대해 수전 스튜어트는 다음과 같이 말한다.

> 닫힌 공간의 주요 기능은 내부와 외부, 사유재산과 공공재산, 개인의 공간과 사교적 공간 사이에 항상 긴장 또는 변증법을 만들어내는 것이다. 닫힌 세계에는 무단 침입, 오염, 물질성의 삭제 같은 위협이 닥쳐온다.[11]

여행가방은 내부와 외부, 개인과 공공의 경계를 표시한다. 스튜어트는 닫힌 세계를 바르트보다 더 어둡게 이해한다. 그 세계는 무단 침입과 오염으로 위협받고 있으며 경계를 침범당할 수 있다. 여행가방의 경우도 그렇다. 이 닫힌 세계는 붕괴될 수도, 와해될 수도 있다. 그러나 바르트가 언급했듯이, 닫힌 세계는 상상의 공간이기도 하다. "여행에 대한 상상은 둘러쌈(닫힘)에 대한 탐험과 상응한다." 아이의 상상력은 우리의 모든 필요와 욕구를 담아내고 아무것도 부족하지 않을 거라고 약속해주는 공간들에서 연료를 얻는다.

한 인물이 이것을 달성한다. 결핍으로부터의 자유는 1964년의 디즈니 영화 〈메리 포핀스〉에서 메리 포핀스가 자칭한 완벽함의 일부를 차지한다. 그녀의 카펫백은 무한하다. 거기에는 그녀의 모든 욕망이 담겨 있다. 영화 시작 부분, 그녀가 초현실적인 런던의 파란 하늘 위에 앉아 코에 분을 칠할 때 가방이 구름 사이로 가라앉을 만큼 무거웠음을 우리는 안다. 그 가방은 그녀의 활기찬 우산과 마찬가지로 그녀에게 강력한 권능을 부여하는 물건이기도 하다. 메리 포핀스에게는 떠나온 집이 없다. 그녀는 마녀 같고 자유로우며 비바람을 몰고 온다. 뱅크스 가家에 도착해 자신이 살게 될 방의 검소한 가재도구를 둘러볼 때, 그녀는 무엇이 없는지 즉시 확인하고 가방에서 그 물건들을 꺼낸다. 제인과 마이클이 눈을 휘둥그레 뜨고 지켜보는 동안, 그녀는 스탠드 전등과 금으로 도금한 커다란 거울의 포장을 풀고, 그 거울에 비친 자기 모습을 흐뭇하게 바라본다. 마이클은 그녀의 가방 안을 들여다본 다음 탁자 밑으로 미끄러져 들어가 그 물건들이 어디서 나왔는지 확인하려 하지만 수수께끼를 풀지 못한다. 빈 공간만 보일 뿐이다. 그 가방이 그의 것이 아니기에 마이클은 그 가방의 마법을 알 수가 없다. 그 가방은 신비에 싸인 유모의 소유이며, 그 가방에 대한 그녀의 소유권이 부분적으로 마법을 만들어낸다. 세상은 무한하며, 셀 수 있는 인접한 사물들로 가득 차 있다. 유한한 공간인 그녀의 카펫백에 세상의 모든 물건이 담겨 있다.

P. L. 트래버스의 동명 소설에서는 이 장면이 조금 다르게 펼쳐진다. 여기서 메리 포핀스는 요술쟁이에 더 가깝다. 아이들은 그녀가 가방에서 물건들을 꺼내기 전에 가방 안이 비어 있음을 확인한다.

가방은 열려 있었고, 제인과 마이클은 가방 안이 완전히 비어 있다는 사실에 매우 놀랐다.

"왜죠?" 제인이 말했다. "이 안에는 아무것도 없어요!"

"아무것도 없다니, 그게 무슨 말이야?" 메리 포핀스가 몸을 일으키고는 모욕이라도 당한 듯한 표정으로 물었다. "그 안에 아무것도 없다고 했니?"

그런 다음 그녀는 빈 가방 안에서 풀 먹인 하얀 앞치마를 꺼내 허리에 묶었다. 다음으로 커다란 선라이트 비누 한 조각, 칫솔, 머리핀 한 묶음, 향수 한 병, 작은 접이식 안락의자, 목캔디 한 상자를 꺼냈다.

제인과 마이클이 서로를 쳐다보았다.

"하지만 난 봤어." 마이클이 속삭였다. "분명히 텅 비어 있었다고."[12]

아이들을 조용하게 만들고 약을 맛있게 먹도록 해주었음에도, 메리 포핀스는 아이들이 카펫백 앞에서 느끼는 놀라움을 제지하지 못한다. 그녀가 가지고 다니는 물건들은 대부분 사치품이다. 그 물건들은 그녀 자신의 몸단장과 관련이 있으며, 대부분의 경우 그녀를 무언가를 필요로 하는 절박한 인물이 아니라, 19세기 소설 속 제인 에어와 같은 가정교사로 대표되는, 자신이 원하는 것은 무엇이든 스스로 만들어낼 수 있는 자율적인 여성으로 표현해준다. 그녀의 카펫백은 자기 성애에 가까운 자급자족을 상징한다. 메리 포핀스는 스스로를 기쁘게 할 수 있다. 그녀가 가볍게 여행한다는 사실은 그녀의 자유와도 연결된다. 그녀는 바람이 변화하는 대로 왔다갔다할 수 있는데, 증기선 트렁크를 휴대했다면 그런 건 거의 불가능할 것이다. 책의 마지막 부분에서 그녀는 뒤도 돌아보지 않은 채 "거친 서풍"을 타고 떠난다. "이제 메리 포핀스는 한 손에 우산을, 다른 한 손에는 카펫백을 꼭 쥐고 벚나무와 집들의 지붕 위를 떠다니며 공중에 있었다."[13] 이 상징적인 인물에게 잔인함이 있다면, 그것은 모든 여행자들의 잔인함이다. 방랑자의 불안한 정신, 새로운 목초지에 대한 갈망, 떠나고 싶은 욕구.

19세기에 카펫백은 가까이 두고 싶은 필수품들을 운반할 수 있게 해주었다. 베른의 『80일간의 세계 일주』에서 파스파르투와 필리어스 포그의 카펫백에는 옷과 돈이 들어 있다. 『메리 포핀스』는 1934년에 출판되었지만, 시대적 배경은 20년 전 이상으로 설정되었다. 그리하여 메리 포핀스의 카펫백은 향수를 불러일으키는 물건이 된다. 또 그 가방은 카펫으로 만들어졌으므로 가정이라는 영역과 연결되었다. 카펫이라는 재료는 여행자에게 자신이 집에 있지 않다는 사실을 상기시키고 또 집에 대한 생각을 불러일으킨다. 실제로 카펫백의 재료는 저렴하게 처분된 브뤼셀 카펫과 '오리엔탈' 러그였다. 카펫백은 무겁지 않았다. 가볍다는 것은 루시 모드 몽고메리의 1908년 소설 『빨간 머리 앤』에 등장하는 앤 셜리의 카펫백이 가진 중요한 특징이기도 하다. 메리 포핀스의 무한한 가방과는 거리가 먼 앤의 카펫백은 잠재력이 아니라 빈곤이 주는 제약에 뿌리를 둔 희미한 장소성을 대표한다. 여기에는 한 '집'에서 다른 '집'으로 떠돌아다니는 고아의 원치 않는 무無장소성이 있다. 모든 '집'들에 집의 본질적 특성들이 결여되어 있고, 소속감도 결여되어 있다. 그러나 거의 비어 있는, 어떤 의미에서는 짐이 꾸려지지 않은 앤의 가방은 그녀가 과묵한 매슈 커스버트를 만나는 순간 중요한 역할을 한다. "하지만 매슈는 먼저 말을 건네는 시련을 모면했다. 그가 자기에게 다가오고 있다는 판단이 서자마자 그 아이가 일어서서 가느다랗고 갈색인 한쪽 손으로 낡은 구식의 카펫백

손잡이를 잡고 다른 한 손은 그에게 내밀었던 것이다.”[14] 한 손은 가방을 잡고 다른 한 손은 매슈의 손을 잡은 앤의 양손은 그녀가 고아에서 딸로 전환했음을 의미한다. 앤은 자신의 가방을 들고 있고, 매슈는 앤의 손을 잡는다. 그 카펫백이 '구식'이라는 점이 그것이 물려받은 물건임을 강조한다. 그것은 앤이 원했거나 선택한 것이 아니며, 매슈가 수년에 걸쳐 앤에게 줄 다른 물건들처럼 그녀를 위해 의도된 것도 아니다.

매슈가 앤에게서 가방을 가져가려 할 때, 앤과 그 가방의 개인적 관계성이 분명해진다. “'아, 제가 가지고 갈 수 있어요.' 아이는 쾌활하게 대답했다. '무겁지 않아요. 제가 세상의 온갖 물건들을 이 안에 넣었지만 무겁지는 않죠. 그리고 특정한 방법으로 들고 가지 않으면 손잡이가 빠져버려요. 그러니 제가 드는 게 좋을 것 같아요. 제가 요령을 정확히 알고 있으니까요. 이건 엄청 오래된 카펫백이에요.'"[15] 앤은 가방을 내주지 않으려고 한다. 그건 그녀의 것이고 그녀만이 그걸 다루는 방법을 안다. 앤은 매슈에게 "저는 아무에게도 속해본 적이 없어요. 정말로요"라고 말한다. 이 소설에서 말하는 속함은 소유권과 소유에 관한 것이다. 앤은 누군가에 그리고 어딘가에 속하고, 보살핌받고, 소중하게 여겨지고, 보호받기를 원할 뿐이다. 앤은 가진 것이 거의 없지만 자신이 소유되기를 원한다.[16] 1985년 메건 팔로스가 주인공을 맡은 TV 영화 〈빨간 머리 앤〉에서는 앤이 그 가방이 자신처럼 "야위고 가볍다"라고 언급해 주제와 대상 사이에 훨씬 더 친밀한 관계가 수립되었다. 또한 앤은 그것이 샬럿의 여인*이 들고 다닐 만

* 19세기 영국 시인 앨프리드 테니슨의 시 제목이자 작품 속에 등장하는 여성. 워터하우스가 그린 그림으로도 유명하다.

167

한 종류의 가방인지에 대해 성찰하고, 그럼으로써 그 가방은 그녀의 상상력 풍부한 삶의 중심이 되는 시와 연결된다. 메리 포핀스와 달리 앤은 가진 것이 없지만, 그녀의 가방이 물질적으로 비어 있을 때 그것은 우리에게 그녀의 상상력, 즉 사물들을 불러내는 능력을 상기시킨다. 메리 포핀스가 그랬듯이 글자 그대로 불러내는 것이 아니라 비유적으로. 책을 통해 마음속에 그려내는 세계는 앤의 요술의 방식이 되며, 스스로에게 샬럿의 여인 역할을 부여할 수 있기 때문에(실제로 앤은 물이 새는 배 안에서 그 역할을 시도한다) 앤은 자신의 과거와 다르고 손에 쥐고 있는 거의 텅 빈 가방과도 다른 미래를 상상할 수 있다.

여행가방

학회는 대기업이 운영하는 호텔에서 열리곤 한다. 보스턴, 투손, 뉴욕, 샌프란시스코, 애틀랜타 등 어디서나 열릴 수 있다. 장소가 어디인지는 중요하지 않다. 일단 호텔에 들어서면 학회의 세계로 들어간 것이고, 때로는 다른 학회들이 동시에 열려서 모두가 일하고 있는 것처럼 보이며, 명찰을 보고 어떤 사람이 어느 그룹 소속인지 알 수 있다.

하지만 앞으로 사흘 동안 나의 집이 될 하야트리젠시 애틀랜타는 놀랍게도 일반적이지 않은 곳으로 판명되었다. 그 건물은 몇 년 전 내가 또다른 학회 때문에 머물렀던 로스앤젤레스의 웨스틴보나벤처 호텔을 설계한 것으로 유명한 존 C. 포트먼이 설계했다. 중앙 아트리움을 기준으로 사방에 객실이 배치된 하야트리젠시는 제러미 벤담이 18세기에 고안한 개념인 파놉티콘을 떠올리게 했다. 간수가 수감자들을 잘 관찰할 수 있도록 중앙에 감시소를 갖춘 원형 감옥 형태 말이다. 간수가 보이지 않아서 수감자들은 자신이 언제 감시받는지 알지 못하고, 언제나 감시받고 있다고 가정해야 한다. 그런 식으로 수감자들의 행동을 통제하는 것이다. 이 호텔에는 중앙 감시소가 없다. 그래도 마찬가지다.

내 방은 818호다. 아트리움에 솟아오른 유리 엘리베이터 안에 여행가방을 굴려넣은 뒤 나지막한 벽과 식물들이 있는 복도를 따라 걷는다. 주위, 건너편, 발아래를 볼 수 있다. 이곳은 내가 뉴욕대에서 대학원을 다닐 때 이용하던 도서관을 연상시킨다. 그곳은 아름다웠지만 어느 해인가 학생 두 명이 뛰어내려서 유령이 사는 듯한 느낌도 들었다.

호텔방 안에서 나는 여행가방을 화장실 바닥에 내려놓고 연 뒤 지금 무엇을 꺼내야 할지 그리고 무엇을 남겨둘지 고민한다. 옷장 안 작은 고리가 달린 호텔 옷걸이에 옷 몇 벌을 걸어놓는다. 짐작건대 그 고리는 투숙객이 옷걸이를 집에 가져가지 않게 하려고 달아놓았을 것이다. 그런 다음 다른 옷 몇 벌을 침

여행가방

대 위에 펼쳐놓고 무엇을 입을지 고민한다. 여행가방에서 장거리 자동차 여행용 옷이 담긴 면은 지퍼를 닫은 채로 둔다. 다음으로는 욕실 세면대 상판에 핸드타월을 펼치고 그 위에 세면용품과 화장품들을 올려놓는다. 안정감이 느껴진다. 혹은 호텔이 주는 안정감을 느낀다.

이런 호텔에 묵으면 나는 논문을 제출해야 하는 불안한 꿈을 반복해서 꾼다. 그것을 제출할 회의장을 찾을 수가 없다. 나는 겁에 질려 연회장과 회의실을 드나들면서 이 층에서 저 층으로 뛰어다닌다. 중간중간 호텔 직원들이 나를 도와주려고 하지만 소용없다. 그 방이 존재하지 않거나 들어본 적이 없다고 한다("살롱 A라고 하셨어요? 아니요, 살롱 A는 본 적이 없습니다"). 나는 결코 그 회의장에 다다르지 못한다. 길을 잃는다. 학회에 참석할 때마다 나는 그 꿈을 생각한다. 마치 그 꿈이 현실이 되고 싶어하는 것처럼.

나는 일주일 전 시카고에서 또다른 학회에 참석했고, 그래서 피곤한 느낌이 들었다. 그곳에서도 줄곧 비가 내렸고, 욕실 환풍구에서 바람소리가 들렸다. 호텔 깊은 곳 어딘가에서 끊임없이 신음소리가 들린다. 이 방은 발코니와 시내가 바라다보이는 전망을 갖추고 있다. 나는 스커트와 스웨터로 갈아입고 하이힐을 신는다. 립스틱을 발라. 귀걸이도 차고. 벌써 이른 저녁이 되었다. 시내까지 운전하는 데 생각보다 시간이 많이 걸렸고, 밀리를 임시 보호소에 내려주어야 했기에. 나는 아래층 로비의 바로 내려갔다. 그것이 학회에서 하는 일이기 때문이다.

4. 나의 여행가방

나는 10년 정도 빈티지 여행가방을 모아왔는데, 낡은 여행가방에서 다른 사람의 물건을 발견한 일이 딱 한 번 있었다. 집이 그려진 그림이었다. 윈스턴세일럼의 중고물품 위탁 판매점에서 단단한 재질의 올리브그린색 여행가방(두 개 중 작은 것)을 구입했는데, 집에 와서 열어보니 안에 그 그림이 들어 있었다. 그림을 그린 여성이 그 여행가방의 주인이었는지 어떤지는 알 수 없지만, 그림에 있는 다음의 서명에 따르면 그 여성의 이름이 M. E. 레드먼이라는 것을 알 수 있었다.

1889년에 지어졌고
1938년에 불탄 나의 옛집

여행가방에서 발견된 M. E. 레드먼의 그림.

M. E. 레드먼이 1959년에 그리다

종이의 뒷면은 엷은 갈색으로 얼룩덜룩하며, 앞면에서 색이 가장 진하게 채색된 부분이 가장 어둡다. 그 얼룩들은 그림 자체의 소극적이고 부정확한 윤곽과 비슷하다. 그림은 오일파스텔 또는 유화 물감의 질감이다. 손가락 밑으로 물감의 촉감을 느낄 수 있다. 종이 가장자리는 오래되어 갈라졌고, 왼쪽 상단 모서리에는 지금은 납작해졌지만 여전히 잘 보이는 주름이 있다. 그림 속 집은 왼쪽 다섯 그루, 오른쪽 네 그루 등 양쪽으로 나무들에 둘러싸여 있으며, 현관문으로 이어지는 통로에는 덤불이 줄지어 있다. 전경의 그 통로 바로 앞에는 울타리가 있다. 집은 정면에서 그려져, 지금은 사라진 것임에도 그 존재와 영속성을 주장한다. 창문에는 노르스름한 커튼이 쳐져 있어서, 이 집에도 내부가 있지만 그 내부는 그림 너머에, 눈으로 볼 수 있는 것 너머에 있다는 사실을 상기시킨다. 나의 옛집, 그녀는 이렇게 썼다. 그 집이 윈스턴세일럼에 정말로 있었는지 또 그 여행가방이 어떤 경로로 그 집에 다다랐는지 궁금하다. M. E. 레드먼이 사진을 보고 그 그림을 그렸는지 아니면 기억에 의지해 그렸는지도 궁금하다. 그녀는 불타버리고 20년이 지난 후에 자신의 집을 그림으로 그렸지만, 그 집을 그때껏 기억했을 것이다. 아마도 그녀는 그 집에서 태어나 평생을 거기서 살았을 것이다. 아니면 어른이 된 뒤에 그 집을 사서 그 집에 별로 오래 살지 않았을 수도 있다. 어떤 경우든 그녀는 집을 잃었고, 어쩌면 소지품도 잃었을 것이다. 그림은 기념물이다. 그리고 지금은 그것이 여행가방 안에 들어 있다. 그녀의 집은 여행가방 안으로 옮겨졌고, 얼룩진 올리브그린색 누비 충전재 위에 놓여 있다. 한 친구가 나에게 말했듯이 이건 너무 과한 이야기다. 만약 이런 이야기

여행가방

가 소설에 나온다면 당신은 "아니야, 말도 안 돼" 라고 말할 것이다. 1889년에 지어졌고, 1938년에 불탔고, 1959년에 그림으로 그려졌다니. 집을 통해 시간이 배치된다. 나는 M. E. 레드먼의 그림을 넣을 액자를 샀고, 지금 그 그림은 우리 집에 걸려 있다. 어쩌면 그냥 여행가방 안에 넣어둬야 했을 것 같다. 그 그림은 거기서 사는지도 모르니까. 하지만 나는 그렇게 생각하지 않는다.

더이상 존재하지 않는 브랜드의 여행가방 안에서 더이상 존재하지 않는 집을 찾아보는 일은 적절할 것이다. 에어웨이 여행가방은 각진 걸쇠들이 옆으로 열리기 때문에 닫을 때 특히 만족스럽다. 20세기 중반의 샘소나이트 여행가방들이 많이 그랬듯이 가방을 닫으려면 걸쇠를 아래로 밀어내리는 게 아니라 옆에서 눌러야 한다. 상단을 누르면 일단 딸깍하는 소리가 나면서 뭔가 닫히는 느낌이 든다. 하지만 가방 상단을 그냥 내려놓기만 하면 걸쇠 가장자리에 걸리긴 하되 완전히 닫히지는 않는다. 여행가방을 닫는 것은 반드시 해야 하는 일이고, 물건을 봉인하는 노력이자 과정이며, 물건을 보존하는 일이다. 지퍼 달린 여행가방은 이런 안정감을 제공하지 못한다. 오늘날에는 단단한 재질의 여행가방에도 지퍼가 부착되는 경향이 있는데, 이는 마치 여행가방의 단단함과 지퍼의 부드러움이라는 서로 상반되는 특성들이 합쳐진 것처럼 늘 이상하게 느껴진다. 하지만 에어웨이 여행가방처럼 오래되고 단단한 여행가방을 펼치면, 상단이 열린 채 그대로 유지돼서 가장자리에 물건들(스카프, 티셔츠)을 걸고 소지품을 전시할 수 있는 미니 옷장으로 변모한다. 그리고 상단을 닫으면 닫힌 느낌이 든다.

빈티지 여행가방은 오늘날의 여행가방보다 더 잘 닫힌 느낌을 준다. 내가 수집한 여행가방 중 샘소나이트의 20세기 중반 '패션톤 여행가방' 라인의 크림색 대리석 무늬 제품에는 황동색 걸쇠가 달려 있다. 그 걸쇠들은 딸깍 소리를 내며 여닫히고 전혀 견고해 보이지 않지만 한번 물면 꿈쩍도 하지 않는다. 그 여행가방은 튼튼하게 느껴진다. 그 가방은 열면 납작하게 펼쳐지고 양면의 깊이가 같아서, 상단 손잡이 아래에 있는 샘소나이트 잠금 장치의 방향과는 별개로 상단과 하단이 있다는 느낌이 전혀 들지 않는다. 가방 안쪽에는 실크 느낌의 폴리에스터 안감이 달려 있다. 이 안감은 갈색에 가까운 밝은 카키색으로 촉감이 부드럽다. 가방 한쪽 면에는 안에 넣은 옷들을 가로질러 늘여서 걸쇠를 통과시킬 수 있는 두 개의 리본이 달려 있고, 반대쪽 면에는 당겨서 두 개의 후크에 걸 수 있는 패브릭 소재의 칸막이가 있다. 이 가방의 전 소유자는 가방 상단 손잡이 옆에 'LAURO LINES NAPLES'라고 적힌 빨간 스티커를 붙여놓았다. 아마도 그녀가 탔던 크루즈의 스티커 같다.

내가 가진 여행가방들은 대부분 여성용으로 디자인된 것들이다. 여행가방 디자인은 수십 년 전은 말할 것도 없고 오늘날에도 남성성과 여성성 사이의 경계를 감시하는 경향이 있다. 지난 세기 중반의 샘소나이트 여행가방 디자인은 남성은 이런 방식으로, 여성은 그것과 다른 방식으로 여행한다는 사실을 명확히 했다. 여성용인 '패션톤' 라인 여행가방의 한 광고는 제품의 아름다움과 색상뿐만 아니라 패션산업과의 관계도 언급한다. "이번 시즌의 가장 스마트한 여행 복장과 잘 어울리는 다섯 가지 사랑스러운 색상."[때때로 패션에 대한 이런 강조가 더욱 두드러진다. 정장 차림에 꽃다발을 든 여성이 나오는 1950년대의 또다른 광고에는 다음과 같이 적혀 있다. "스키아파렐리*의 의상에 (…) 샘소나이트의 패션톤 여행가방."] 가방의 안감이 "럭셔리"하고, 열린 가방 안에는 모자와 하이힐이 단정하게 정리되어 있다. 고객은 "상의 걸이"에 "드레

여행가방

스를 여덟 벌까지 걸어 담을 수 있"고 하단에 "액세서리, 화장품, 신발"을 넣을 수 있게 해주는 세트 상품인 "행잇올Hang-It-All"을 추가로 구입할 수도 있다.

정반대로, 같은 기간 샘소나이트 광고에서 '남성'이라는 단어는 '애드미럴 블루' '내추럴 로하이드 피니시' '새들 탠' 색상의 "남성 정장용 여행 가방"의 "남성용 선물로서의 가치"를 언급하며 거의 코믹한 분위기 속에 등장한다. 이 광고는 약속한다. "어떤 남자든 이 선물세트를 보면 남성의 스릴을 느낄 겁니다! 이렇게나 질 좋은 가방인데 하나 값도 못 되는 가격에 두 개짜리 샘소나이트 세트를 드립니다." 오르가슴적인 "남성의 스릴"이 단돈 44.50달러에 불과하며, 여기에는 "투슈

* 프랑스의 명품 패션 브랜드. 1927년 이탈리아의 패션 디자이너 엘사 스키아파렐리가 프랑스 파리에 설립했다. 과감하고 독특한 스타일을 지향한다.

샘소나이트 빈티지 여행가방 광고.

여행가방

터Two-suiter"* 인 "트래블투섬Travel-Twosome"†과 "가죽보다 더 나은 마감"의 "퀵트리퍼Quick-Tripper"‡가 포함된다. 열린 채 촬영된 가방 하나에는 넥타이가 줄지어 담겨 있다. 그 "샘소나이트 남성용 여행가방 세트"는 "단정한 남성이 일반적인 여행에서 필요로 하는 모든 물건을 넣어서 가지고 다닐 수 있도록 과학적으로 설계되었다. (…) 구김도 가지 않는다!" 전경의 여행가방 이미지 뒤에는 회색 정장을 입은 중년의 백인 남성이 크리스마스 트리 옆에 서서 행복한 표정으로 카드를 읽고 있다. 사실 나는 새들 탠 색상의 이 여행가방을 가지고 있고, 그 가방에는 J. A. B라는 모노그램이 있다.

이런 광고는 "우리 사회의 성별 및 디자인과 관련된 관습의 힘"[1]을 상기시킨다. 마찬가지로 1990년대의 '남성용 가방'은 그것을 들고 다니는

* 두 벌의 양복과 추가로 작은 물품을 넣을 수 있도록 디자인한 여행가방.

† 한 쌍으로 디자인된 여행가방.

‡ 다양한 소지품을 편리하게 수납할 수 있는 휴대용 소형 가방.

사람의 남성성을 보호하기 위해 핸드백과는 다른 것으로 정의되어야 했다. 어쨌든 남자들은 여자가 되고 싶지 않을 것이다. 드라마 〈사인필드〉의 유명한 에피소드에서 제리는 자신의 "유럽식 캐리올백"을 뒤적거리며 "여기선 아무것도 찾을 수가 없어"라는 여성의 진부한 대사를 말한다. 다른 등장인물들은 가방이 핸드백이라고 주장한다. 크레이머는 제리를 "댄디"이자 "멋쟁이 소년"이라고 부른다. 가방을 도난당했을 때 제리는 경찰관에게 자신이 물건을 도난당했다고 소리치고는 그 가방(끈이 달린 검은색 가방)에 대해 설명하려고 한다. 그러자 경찰관은 "핸드백 말씀이군요"라고 대꾸하고, 무척 화가 나지만 더이상 방어할 수도 없는 제리는 마침내 동의한다.[2]

여행가방

여행용 화장품 가방은 화장품을 넣는, 전통적으로 가장 여성스러운 수하물 중 하나다. 그리고 광고들이 말하듯 아름다움의 핵심이다. 20세기 중반 샘소나이트에서 제조한 이 물건의 제품명은 '울트라라이트 뷰티 케이스'였다. 내 수집품 중에도 여행용 화장품 가방이 세 개 있다. 하나는 밝은 파란색이고 이니셜 D. L. R이 모노그램으로 새겨져 있다. 내부는 연한 파란색 플라스틱이며 깨끗한 반창고 냄새가 난다. 전 주인이 거울 오른쪽 하단 모서리에 너구리 만화 스티커 하나를 붙여두었다. 또다른 것은 아멜리아 에어하트*의 여행가방 라인 제품으로, 그녀의 생애 동안 비행사로서 그녀의 명성의 덕을 보았고 1937년 그녀가 사망한 후에도 아메리칸투어리스터와 같은 회사에서 계속 생산되었다. 에어하트는 뉴어크 오렌스타인트럭회사의 새뮤얼 오렌스타인에게 항공여행을 위

* Amelia Earhart(1897~1937), 미국의 비행사. 여성으로는 최초로 대서양을 건너고, 하와이에서 캘리포니아까지 태평양 상공을 쉬지 않고 날아 '하늘의 퍼스트 레이디'라는 별명을 얻었다.

한 특별한 여행가방 디자인이 필요하다고 제안했다. 그런 다음 직물로 덮인 구부러진 형태의 합판 여행가방을 함께 디자인했다.[3] 내 화장품 가방은 손잡이가 아니라 끈이 상단을 가로질러 달려 있는 노란색 케이스다. 잠금 장치에 '아멜리아 에어하트'라고 새겨져 있다. 에어하트가 가방 업계에서 불멸하게 된 유일한 아이콘은 아니다. 1947년 듀폰이 디자인한 험프리 보가트의 '보기백'에서 에르메스의 켈리백과 버킨백(핸드백을 여행가방으로 간주한다면)에 이르기까지, 가방은 유명인 문화에서 필수적인 역할을 해왔다. 이런 문화는 클래식함과 여성스러움(그레이스 켈리), 예술성과 자유분방함(제인 버킨) 등 시대를 상징하는 다양한 여성성의 유행을 구현했다.

세번째 화장품 가방의 전 주인에 대해서는 좀 더 아는 게 많다. 그녀의 주소 태그가 아직도 부착되어 있기 때문이다. 버지니아주 리치먼드시 스털링 스트리트 3921번지 R. G. 웨이건드. '웨이건드 Weigand'의 'd'와 '스트리트St'의 't'는 갈색 인조가죽 태그 테두리 아래에 숨겨져 있다. 타자기로 종이에 글씨를 타이핑했는데, 종이는 오래되어 누렇게 변색되었다. 구글 지도에서 스털링 스트리트 3921번지를 찾아보니 앞에 덤불이 있는 하얀 테두리의 청회색 집이 나왔다. 앞마당에는 큰 나무가 한 그루 있고, 문까지 좁은 콘크리트 길이 이어진다. R. G. 웨이건드 부인은 이제 그곳에 살지 않을 것이다. 아마도 그녀는 죽었을 것이다. 리치먼드는 우리 집에서 차로 네 시간 거리이고, 어찌됐든 이 여행용 화장품 가방은 제 집에서 멀리 떨어진, 내가 사는 도시의 빈티지 상점에 들어왔다. 이 가방은 상태가 그리 좋지 않다. 누가 네일 리무버나 다른 화학물질을 쏟은 것처럼 윗부분에 커다란 얼룩이 있다. 마치 누군가의 인생 일부인 듯한 사용감이 느껴진다. 내가 구입했을 때 주소 태그 말고는 그 안에 아무것도 없었지만, 나는 그 안에 화장품과 보석류 등이 가득 담긴 모습을 상상할 수 있다. 어쩌면 편지와 메모도. R. G. 웨이건드 부인의 편지와 메모. 그 가방에서는 오래된 립스틱처럼 왁스 냄새가 난다.

오늘날에는 여행용 화장품 가방에 화장품을 채워서 비행기를 타지 못하지만 자동차로는 가지고 다닐 수 있다. 그리고 자동차로 여행하는 경우에는 짐을 효율적으로 꾸릴 필요가 없다. 좋아하는 물건을 거의 무엇이든 가져갈 수 있다. 때때로 나는 내 대리석 무늬 샘소나이트 여행가방에 책을 꾸린다. 그러면 정말 무겁다. 때로는 필요한 물건과 그렇지 않은 물건을 모두 꾸린 빈티지 여행가방 두세 개를 가져간다. 나는 〈페어런트 트랩〉

(1961)에서 샤론 매켄드릭이 여름캠프의 텐트로 들고 가는 것과 비슷한 밝은 파란색 스타라인 여행가방을 가지고 있다. 나와 내 자매들은 어렸을 때 그 영화를 보고 또 보았다. 어쩌면 그것이 내가 그 여행가방을 산 이유인지도 모르겠다. 노스캐롤라이나주와 테네시주의 산에서 장거리 운전을 할 때, 특히 가을과 봄에, 나는 모든 오토바이 운전자들이 공간을 고려한 자기만의 여행가방을 지닌 것을 본다. 그들의 오토바이 뒤쪽, 가죽과 캔버스로 된 둥근 수납공간은 별로 많은 물건을 담지는 못할 것 같지만 꼭 있어야 한다.

내 빈티지 여행가방은 나를 과거와 연결해준다. 그 과거가 무엇인지는 모르지만 그것이 거기에 있다는 것은 안다. 그 여행가방과 화장품 가방에는 알려지지 않은 사람들과 여행들에 대한 이야기가 담겨 있다. 전 세계의 낯선 사람들과 그들의 낯선 이동들. 그리고 지금, 그 여행가방 안에 들어 있던 물건들은 사라졌다. 용기만 남았다. 하지만 오늘날의 여행가방에도 추억과 이야기가 있다. 여행가방이 유발하는 기억은 완전히 잊히지도 않고 그렇다고 제대로 기억되지도 않는 사물에 대한 독특한 종류의 기억이다. 여행가방을 침대 위에 던져놓고 지퍼를 열면, 내 머릿속에는 그 안에서 뭔가를 발견할 수 있지 않을까 하는 생각이 잠시 든다. 물건(오래된 수하물 회수용 티켓이나 잃어버린 양말)이 발견되지는 않더라도, 가방의 지퍼를 다시 여는 행위와 함께 과거의 느낌, 또다른 여행에 대한 느낌이 찾아온다. 나는 항상 여행가방에 태그를 붙여두기 때문에, 옷장에서 내가 지난번에 어딘가로 가지고 갔던 가방을 꺼내 확인해볼 때면 지난 여행의 기억이 떠오른다. 그런 다음엔 그것을 찢어서 버린다.

여행하지 않을 때는 여행가방을 어떻게 해야 할지 애매하다. 그것은 불편하다. 공간을 많이 차지한다. 만약 당신이 작은 아파트에 산다면 침대 밑에 눕혀둘 수도 있다. 큰 여행가방과 작은 여행가방을 가진 경우 작은 가방을 큰 가방 안에 넣고 지퍼를 닫아둘 수도 있다. 또는 그 가방들 안에 겨울옷이나 여름옷을 넣어둘 수도 있다. 이 경우 여행가방은 옷장의 추가 서랍처럼 가구 같은 역할을 한다. 내 여동생 캐서린은 샌프란시스코에 살 때, 오래된 아파트 주방 바깥의 지붕 달린 야외 공간에 여행가방을 보관했다. 그곳이 가방이 들어가는 유일한 공간이었기 때문이다. 그곳은 건물 내부에 존재하는 이상한 장소였다. 포치로도 적절하지 않고 다른 용도로도 좋지 않은 구석진 곳이었다. 캐서린의 가방과 지금은 남편이 된 남자친구의 여행가방은 비바람을 반쯤 피해 그렇게 밖에 놓여 있었다. 우리는 필요해질 때까지 여행가방을 숨겨두려 한다. 그러니 여행가방이 눈에 보인다는 것은 곧 여행을 의미한다. 우리가 어딘가로 갈 거라는 의미이다. 나의 개 밀리도 이것을 알고 있어서, 내가 여행가방을 꺼내면 자신이 뒤에 남겨질까봐 두려워 집안을 이리저리 서성거린다. 나는 내 여행

191

가방—빈티지 여행가방이 아닌 평범하고 실용적인 여행가방—을 침실 옷장 안에 보관한다. 『사자, 마녀, 옷장』*을 연상시키는, 줄지어 걸린 외투들 뒤에. 다음은 내가 가진 여행가방들의 목록이다.

대형 여행가방:

단단한 재질의 오렌지색 점프 여행가방

부드러운 재질의 라이트블루색 애틀랜틱 여행가방

갈색 체크무늬 런던포그 여행가방

기내 반입용 여행가방:

부드러운 재질의 라이트블루색 애틀랜틱 여행가방(대형 여행가방과 같은 라인)

부드러운 재질의 리카르도 여행가방(미소니를
본뜬 패턴)

더플백:

레스포색 가방(에펠탑이 프린트되어 있음)

타깃 버전 올라카일리 가방(자동차가 프린트되
어 있음)

검은색 인조가죽 가방

풀 문양이 프린트된 작은 가방(파리의 데카트론
매장에서 구입)

바퀴가 달린 매우 큰 검은색 가방 세 개

이중에서 런던포그 여행가방을 제외하고는 모
두 사용한다. 런던포그 여행가방은 상당히 커서,
안을 가득 채우고 싶은 유혹을 느낄까봐 걱정이
된다. 만약 그렇게 한 뒤 그것을 가지고 비행기를

* 영국 작가 C.S. 루이스의 '나니아 연대기' 시리즈
중 하나. 제2차세계대전 중 먼 친척 집에서 지내게
된 네 남매가 그 집 옷장을 통해 환상의 나라 나니아
에 들어가서 겪는 모험 이야기이다.

타면 초과 수하물 요금이 막대할 것이다. 그 여행가방 회사의 누아르 영화풍 광고가 암시하길, 내가 그 여행가방을 가지고 안개 자욱하고 자갈이 깔린 어느 거리의 가로등 아래에 가 있을 운명이라고 했다. 그 시나리오에 따르면 나는 반드시 트렌치코트를 입어야 한다. 애틀랜틱 여행가방은 모양새가 별로다. 당시 그 브랜드가 세일 중이어서 구입했다. 오렌지색 점프 여행가방이 내 마음에 든다. 나는 여행할 때 물건을 많이 구입하는 습관이 있어서, 구입한 물건을 집으로 가져가려면 가방이 하나 더 필요할 때가 많다. 그런 경위로 몇 년 전 파리에서 그 오렌지색 여행가방을 구입했다. 책을 너무 많이 사는 바람에 내 작은 여행가방에 다 넣어 올 수가 없었기 때문에, 라파예트백화점에서 그걸 샀다. 전에 그 브랜드를 본 적은 없지만 모양새가 마음에 들었고 안감도 좋았다. 안감에 "1979년 이후의 행복한 소수를 위해"라는 문구가 인쇄되어 있었는데, 셰익스피어의 『헨리 5세』에 나오는 유명한 성 크리스핀의 날 연설*에서 힌트를 얻은 문구가 아닌가 싶다. 그 가방을 구입한 후 나는 그것을 끌고 백화점 안의 모든 것—위쪽의 둥근 지붕, 아래층의 화장품 진열대들, 곳곳에 있는 마네킹들—이 보이는 카페로 갔다. 앉아서 와인 한 잔을 마시고, 스테인드글라스와 금으로 빛나는 그 궁전을 찬찬히 살펴보았다.

여행 도중에 여행가방을 산다는 것이 약간 방종한 행동으로 느껴졌지만, 집에 우편으로 보내면 비용이 더 많이 들 거라며 정당화했다. 아니나 다를까, 중량 초과 수하물 요금이 터무니없이 많이 나왔다. 몇 년 전 히스로공항에서 비행기를 타고

---

*『헨리 5세』에서 왕이 아쟁쿠르 전투를 앞두고 병사들 앞에서 한 연설. 명연설로, 이후 많은 사람과 많은 작품에서 수없이 인용되고 오마주되었다.

떠날 때, 나는 수하물로 부칠 내 가방이 너무 무겁다는 걸 깨달았다. 추가로 내야 할 비용이 엄청났다. 내가 약간 공황 상태에 빠진 것처럼 보였는지, 친절하고 유능한 버진애틀랜틱항공사 직원이 나를 구하러 와서는 가방을 열고 무엇을 가지고 탈 수 있을지 살펴보라고 알려주었다. 그녀는 내용물을 살펴보고는 옷과 책을 꺼내기 시작했다. "이 책들을 가지고 타야 해요." 그녀가 말했다. "그리고 이거, 이 부츠가 무거우니까 지금 신으세요. 신고 계신 신발은 여기 여행가방 안에 넣으시고요." 그녀는 계속 가방 속을 뒤졌다. "이 코트를 재킷 위에 입으세요. 그리고 이 스카프로 몸을 감싸세요." 그녀는 여행가방의 무게를 적절하게 줄여 비용을 절약해주었다. 제인 오스틴도 여행하면서 물건을 사는 습관이 있었다는 사실에 내 마음이 뿌듯해진다. 제인 오스틴은 1799년 6월 2일 언니 카산드라에게 보낸 편지에 다음과 같이 썼다. "마사의 신발을 집으로 가져갈 수가 없을 것 같아서 걱정이야. 우리가 여기에 왔을 때는 트렁크 안에 공간이 많았지만, 돌아갈 때는 가져가야 할 것들이 훨씬 많아. 내 짐도 꾸려야 하고."[4] 그녀는 짐 꾸리는 일에 별로 신경을 쓰지 않은 것 같다. 자기 소지품을 다른 방식으로 정리하면 트렁크에 더 많은 짐을 넣을 수 있다는 점을 인정하지만, 짐을 좀더 잘 꾸려야 한다는 생각에 대한 그녀의 저항과 다음의 문구가 암시하는 친밀함이 마음에 든다. 카산드라는 확실히 제인의 형편없는 짐 꾸리기 실력을 모르지 않았다. 내 짐 꾸리기 실력. 언니는 이해할 거야.

성인기의 대부분을 살았던 뉴욕을 떠나 노스캐롤라이나에 있는 대학에 일자리를 얻었을 때, 나는 커다란 검은색 더플백 두 개를 가지고 비행기를 탔다(지금 가지고 있는 것과는 다른 가방이다. 이가방 두 개는 몇 년 전에 기부했다). 물건들을 부치는 것보다 더 편할 것 같아서 추가 및 중량 초과 수하물 요금을 항공사에 지불했다. 가방 중 하나에는 에어 매트리스가 들어 있었다. 도착한 첫날 밤 나는 텅 빈 새 아파트에서 그 매트리스를 깔고 잠을 잤다. 그날 아침 나는 옛 아파트에서 마지막 밤을 보낸 후, 매트리스에서 공기를 빼내고 발로 밟아 남은 공기를 모조리 제거한 다음 접어서 포장했다. 가방을 계단 네 층 아래로 미끄러뜨려 라과디아공항으로 향하는 택시에 실었다. 그로부터 며칠 전 나는 친구 존과 함께 소파를 아파트 앞 거리에 내놓았다. 그 소파가 나에게 남은 마지막 가구였다. 그것은 크레이그리스트Craigslist*에 팔 수가 없었다. 우리는 그걸 거리에 내놓으면 누군가 와서 가져갈 거라고 생각했지만, 그걸 내놓자마자

여행가방

거의 여름 폭풍우 같은 비가 내리기 시작했고 소파는 망가졌다. 택시에 타기 전, 나는 비에 흠뻑 젖은 내 옛 아파트의 마지막 한 부분을 바라보았다. 다른 것들은 모두 더플백 안에 들어 있었다. 여름이면 나는 여전히 도시로 돌아가고, 옷, 책, 접시, 침대 시트, 수건, 책, 심지어 레이저 프린터까지 제너럴신학교에서 빌린 내 작은 방에 필요한 모든 것을 커다란 검은색 더플백 세 개에 채워 담는다. 그 가방들을 어떻게 계단 위로 끌고 올라갔는지 모르겠다. 어느 해 여름이 끝날 무렵 타임스퀘어에 있는 화학제품 냄새가 나는 여행가방 상점에서 그 가방들을 샀다. 그 상점에서 일하는 남자 직원들이 창고에서 그 가방들을 가져와 납작하게 접고 비닐로 포장해주었다.

어렸을 때 백화점 여행가방 매장 방문은 여행의 첫 단계이자 의식이었다. 나는 다채로운 색상과 크기의 가방들, 무대에 오른 배우들처럼 작은

* 중고 물품 판매, 구인구직, 집 구하기 등 개인들을 위한 광고 공간을 제공하는 웹사이트.

단상 위에 배열된 세트 상품들, 각각 다른 종류의 여행을 제안하는 여행가방들의 모습을 살펴보았다. 영화 〈금지된 사랑〉(1989)에서 다이앤의 아버지 제임스 코트는 딸의 유럽여행 선물을 사러 여행가방 코너에 가지만 신용카드 승인이 거부된다. 이 장면은 그의 범죄 행위들과 인생 파탄이 폭로되는 첫 단계다. 그가 여성 판매원을 유혹하던 중이었기 때문에 이 장면은 더욱 굴욕적이다. 그는 빈손으로 떠난다. 〈볼케이노〉(1990)는 더 우스꽝스러운 쇼핑 장면을 보여준다. 세일즈맨은 확신에 차서 조에게 여행가방은 "내 삶의 중심 관심사"라고 말한다. 그런 다음 그에게 이렇게 상기시킨다. "당신은 세계를 여행하고 집에서 멀리 떠나는군요. 아마도 가족과 떨어질 수도 있지요. 당신이 의지할 건 당신 자신과 여행가방뿐이에요." 조는 자신이 태평양의 섬 와포니우로 떠날 예정이라고 설명하고, 바로 여기서 '여행가방 문제'가 제기된다. 그리고 세일즈맨이 작은 예배당 같은 방에서 방수가 되는 증기선 트렁크를 끌고 나와 조에게 보여줌으로써 그 문제가 해결된다. 조는 그 트렁크 네 개를 구입하고, 나중에 가서는 생존을 위해 그것들을 뗏목처럼 한데 묶어야 한다. 조는 정말로 그 트렁크들에 의존한다. 오늘날에는 많은 사람들이 여행가방을 온라인으로 주문하거나 여행가방 전문 매장에서 구입한다. 백화점 여행가방 코너는 오늘날에도 존재하지만 그곳에서 여행가방을 구입하던 시대는 지나갔다. 지난 수십 년 동안 여행가방의 가격이 저렴해졌지만, 어떻게 보면 제조 역시 더 저렴하게 이루어졌다. 요즘에는 여행가방을 몇 해쯤 사용하다가 바퀴가 부서지거나 지퍼가 터지면 다른 여행가방을 구입한다. 옛날에는 그렇게 망가진 여행가방도 계속 사용했다. 소비자가 하는 선택은 한동안 그 선택과 더불어 살아야 하기 때문에 중요했다. 여행가방을 들고 백화점을 나서는 행위가 주는 묘한 설렘도 있었다. 여행가방은 아직 아무것도 담기지 않았고 태그도 달려 있었다. 그것은 아직 그것이 되어야 하는 상태가 되지 않았다. 그것은 모든 것을 약속했다. 그것을 구입할 때 다른 물건들도 샀다면 그 물건들을 그 안에 보관할 수도 있다.

여행가방은 고등학교 졸업 선물로 인기가 높았다. 여행가방 세트가 특히 그랬다. 그것은 중산층의 자녀가 성년에 다다랐다는 상징이었다. 집을 떠나는 것 말이다. 당시 우리 반 친구들은 대학에 가지고 가기에 충분한 여행가방을 이미 갖고 있었을 것이다. 하지만 제대로 된 대학생용 여행가방이라면 세트로 맞춰야 했고, 대학에 가기 때문에 그것을 구입해야 했다. 1995년 뉴욕의 대학에 진

학할 때, 나는 여행가방 세트를 가지고 가지 않았다. 대신 커다란 더플백 두 개를 부쳤는데(이것들이 내 인생을 정의해주는 것 같다), 그중 하나는 내가 어렸을 때 여름캠프에 가져간 것과 동일한 더플백이었을 것이다. 그 캠프는 길고 구불구불한 고속도로 위쪽, 캘리포니아 북부 산속 목장에 있었다. 먼지 구덩이 속에서 가방을 끌고 합숙소에 가서 이층 침대 밑에 밀어넣었던 것을 나는 기억한다. 몇 번이나 발로 차서 쑤셔넣어야 했다. 각 침대 아래에 커다란 가방 두 개(본인 것과 침대를 함께 쓸 동료의 것)를 넣을 공간이 있었다. 그 더플백들은 온갖 방향으로 팽창하는 것처럼 보이는, 정해진 형태가 없는 덩어리였다. 내 더플백에서는 플라스틱 냄새가 났고, 손전등, 살충제, 다리미로 눌러 내 이름을 프린트한 옷 등 캠프에서 필요한 모든 물건이 들어 있었다. 그리고 밑면에는 항상 먼지와 흙이 묻어 있었다.

대학에 다닐 때 그리고 대학을 졸업한 뒤 몇 년 동안 나는 커다란 이글크릭 배낭을 가지고 다녔다. 그 배낭은 어두운 녹색과 검은색이었는데, 그것을 튀르키예, 프랑스 등등으로 가지고 다녔다. 그리고 그것을 여러 호스텔의 바닥에 던져놨다. 그것이 당시 내가 여행한 방식이었고 내 친구들이 여행한 방식이었다. 우리는 절대로 여행가방을 가지고 가지 않았다. 그래도 배낭을 판판하게 눕혀 놓고 여행가방처럼 지퍼를 열 수도 있었다. 그것은 인기 있는 디자인이었다. 많은 사람이 나에게 이렇게 조언했다. 상단에 짐 넣는 칸이 있는 배낭은 사지 마. 그건 아무짝에도 쓸모가 없을 거야. 이때는 또한 우리가 '머니 벨트'라고 부르는 것의 시대이기도 했다. 머니 벨트는 봉투 모양의 폴리에스터 재질 보안 파우치인데, 허리에 두르고 스트랩을 이용해 몸에 꼭 맞게 조절할 수 있었다. 지퍼가 달린 이 파우치는 일반적으로 해외여행용이었다.

여권, 여행자 수표, 현금을 거기에 넣었다(출발하기 전에 항상 현금을 약간 인출하고 여권 사본을 배낭에 보관한다). 그런 다음 머니 벨트를 착용한 채 비행기에 타고 어디를 가든 항상 착용했다. 더운 여름날 늦은 오후가 되면 청바지 허리 부분의 위 또는 아래에 달라붙은 머니 벨트가 땀에 푹 젖었고, 자리에 앉으면 그것이 희미하게 불거져나오는 것이 옷 위로도 보이고 느껴졌다. 머니 벨트는 여행에서 느끼는 모든 불안의 정수였다. 집을 떠나면 취약해진다는 느낌, 어디에나 도둑이 있다는 느낌. 지갑을 가지고 다니는 건 미친 짓이야. 강탈당할 테니까. 작은 배낭을 메라고? 바보짓이지. 군중 속에 있으면 누군가가 끼어들 거야. 이런 이야기가 들려왔다. 보기 흉한 노르스름한 크림색 머니 벨트가 당신을 보호해주겠노라고 약속했다.

여행가방이 항상 실용적인 건 아니다. 내가 어렸을 때 우리 부모님은 황갈색의 하트만 트위드 여행가방 세트를 갖고 계셨다. 두 개 중 하나는 다른 것보다 더 크고 다이얼식 자물쇠가 달려 있었다. 작은 바퀴들과 탈부착 가능한 짧은 스트랩이 있었지만, 실제로 여행가방을 끌려고 하면 바퀴들이 굴러가지 않아 넘어졌다. 아버지는 그 가방들이 할아버지가 주신 선물일 수도 있다고 생각했다. 왜냐하면 할아버지는 여행가방이 너무 많았고 그중 일부를 처분하고 싶어하셨기 때문이다. 우리는 할아버지를 '파피'라고 불렀다. 할아버지의 아내인 우리 할머니 지니가 할아버지에게 그걸 사줬을 수도 있다. 젊었을 때 지니는 지금은 존재하지 않는 백화점인 I. 매그닌의 전문 쇼퍼였다. 할아버지는 지금은 존재하지 않는 또다른 백화점인 웨인스톡의 임원이었다. 두 분은 그렇게 만났다. 지니는 세련되고 부유한 여성들이 옷장 채우는 것을 도왔다. 그녀는 또한 수집가이기도 했다. 컬렉션으로 집안을 가득 채운 놀라운 수집가였다. 엄마는 새크라멘토의 웨인스톡백화점에서 여행가방을 구입한 것을 기억한다. 엄마는 그것들을 간절히 원했고, 그것들이 세일에 들어가기를 기다렸다. 부모님은 그 여행가방을 파리, 하와이, 샌프란시스코, 그 밖의 여러 곳으로 가져갔다. 그 여행가방의 소재는 황동이었고, 황갈색 가죽으로 장식되어 있었으며, 안감은 리넨이고, 내부에는 이름과 주소를 쓸 수 있는 패브릭 패치가 있었다. 가방을 분실할 경우 가방 밖에 달린 수하물 태그가 단서가 된다는 점을 고려하면 그것은 묘하게 개인적인 세부 같다. 그 여행가방은 비어 있을 때도 무거웠다. 요즘 같으면 그런 무게는 디자인상의 결함으로 간주된다. 부모님은 수년 동안 그 가방을 가지고 여행하지 않았다. 하지만 수십 년 전만 해도 그 거대한 여행가방들은 무거워야 했기 때문에 무거웠다. 그건 그 물건들의 독특한 성격 중 하나였다. 무게는 그것들에게 어딘가로 가는 듯한 묵직하고도 실질적인 느낌을 주었다.

조부모님이 우리 부모님에게 그 하트만 여행가방을 선물로 주신 게 아닐지도 모르지만, 나와 내

자매들에게는 어느 해엔가 크리스마스 선물로 여행가방을 주셨다. 그 여행가방은 굴러가지는 않았던 것 같지만 크기가 작았으며 남색, 진초록색, 검은색 등 색상만 다르고 모두 같은 가방이었다. 내것은 녹색이었다. 그 가방들은 양면이 부드럽고 양쪽을 가로지르는 줄무늬 띠가 있었다. 우리는 피닉스로 조부모님을 방문할 때 그 가방을 가져갔고, 그때 조부모님은 우리를 메사*와 선인장식물원에 데려가 구경시켜주셨다. 우리는 그 여행가방 안에 넣어서 가져온 부채선인장 젤리를 먹었다. 지금 그 가방이 어떻게 됐는지는 모르겠다. 부모님은 낡은 하트만 여행가방을 아직도 가지고 있다. 이베이에서 그 여행가방을 쉽게 찾을 수 있다. 나는 다음의 설명과 함께 '가죽 및 트위드로 된 하트만 벨트식 빈티지 여행가방'이라는 이름으로 올라온 여행가방 한 세트를 발견했다. "하트만 빈티지 여행가방 네 개가 있는데 모두 아름답다. 가지고 여행 갈 생각으로 구매했다. 한 개를 제외하고는 모두 내 사무실에 향수 어린 예술작품으로 전시되어 있다. 그렇긴 하지만 이 제품들은 원래 길 위에 있도록 제작되었고, 아마도 그곳에 있어야 마땅할 것이다."

예술작품. 기억의 상징. 길 위에 있어야 할 것들.

* 미국 남서부 지역에 있는, 꼭대기는 평평하고 등성이는 벼랑으로 된 언덕.

악천후로 인해 여러 항공편이 취소되었고 많은 사람들이 학회에 참석하지 못했다. 대규모 논문 세션의 일부 논문을 다른 사람들이 읽어야 한다. 엘리베이터 안쪽을 향해 선 채 올라가긴 해도 나는 여전히 호텔을 즐기고 있다. 밤에는 발코니로 나간다. 거기에는 가구가 없고, 그래서 그냥 서서 아무 생각 없이 도시를 건너다본다.

내 여행가방의 학회용 면은 더러운 옷들로 가득 차 있다. 나는 옷을 입고 나면 개서 가방에 다시 넣어둔다. 개어놓은 옷으로 일정을 계획할 수 있다. 아침에 나는 룸서비스(에그베네딕트와 커피)를 주문하고, 방에 있는 또다른 퀸사이즈 침대와 그 위에 펼쳐진 옷들을 바라보며 무엇을 입어야 할지 고민한다.

아침 토론이 끝난 후 친구를 만나 점심을 먹은 다

음 버번위스키를 사러 간다. 그녀는 나와 가까운 그린즈버러에 살고 있으며 우리 둘 다 버번위스키를 좋아한다. 하지만 노스캐롤라이나주에서 운영하는 주류 판매점은 선택의 폭이 매우 제한적이다. 일반적이지 않은 품목의 경우 특히 더 그렇다. 친구가 좋은 것으로 두 병을 골라 나에게 건넸다. 그녀는 비행기를 탈 예정이기 때문에 그것을 가지고 갈 수 없지만, 나는 자동차에 실어 집으로 가져갈 수 있다. 방으로 돌아와 나는 그 술병들을 내 낡은 옷으로 싸서 여행가방 안에 넣는다.

학회는 다음날 끝난다. 전날 밤 술에 살짝 취한 상태에서 콘택트렌즈 한쪽을 케이스에 넣기 전 화장실 세면대에 떨어뜨리는 바람에 말라버린 모양이다. 여분의 콘택트렌즈가 없었고, 그래서 자동차를 운전해 집으로 가기 위해 안경을 썼다. 여행가방을 꾸려 차에 싣고 밀리를 데려와 노스캐롤라이나산맥으로 향한다. 그날 밤은 브러바드라는 이름의 작은 마을에서 머물기로 결정했다. 그 지역은 폭포로 유명하다.

난타할라 국유림을 가로질러 운전해 가는데, 나

무들이 조용하고 해는 낮게 떠 있다. 경치와 전망이
좋은 곳에 잠시 차를 세운다. 컨트리클럽과 골프 코
스들이 있는 하이랜드라는 끔찍하고 부유한 도시
를 통과한다. 일요일이어서 상점들이 모두 문을 닫
았고 주변에는 아무도 없다. 오후가 한창일 때 치즈
버거를 먹기 위해 웬디스에 들렀다. 웬디스는 내 패
스트푸드점 목록에서 상위권이 아니다. 남동쪽으로
운전할 때는 먼저 파이브가이스를 찾은 다음 쿡아
웃, 데어리퀸, 그다음으로 소닉, 그리고 웬디스를 찾
는다. 이것이 인앤아웃, 왓어버거, 브롬스 같은 미국
내 다른 지역에서 선택 가능한 옵션을 뺀 나의 장거
리 자동차 여행용 치즈버거 순위이다.

늦은 오후, 우리는 핑크 플라밍고가 환영해주는
선셋모텔이라는 복고풍 숙소를 향해 차를 타고 간

다. 나는 사교생활에 지쳤고 혼자인 것이 기쁘다. 내가 샤워를 하는 동안 밀리는 언제나 그러듯이 욕실 매트 위에 앉아 문을 지켜본다. 내 여행가방도 퀸 사이즈 침대 중 하나에 놓인 채 우리를 지켜보고 있다.

5. 잃어버린 여행가방:

앨라배마의 미회수 수하물센터

나는 유실물들의 사원에 완벽하게 어울리는 흐린 오후에 미회수 수하물센터의 주차장에 도착한다. 유실물들은 앨라배마주 스코츠버러로 온다. 글쎄, 모든 유실물이 아니라, 유실된 여행가방에 담긴 유실물이라고 해야 할 것이다.

내가 길을 잃은 것은 아니다. 나는 산을 지나고, 앨라배마 최고의 관광 명소 중 하나인 대형 불꽃놀이 용품 매장들(각각의 매장이 항상 마지막이자 가장 큰 매장이다)과 길가에서 썩어가는 개들의 사체 옆을 지나갔다. 센터는 '미회수 수하물센터'라고 쓰인 여행가방 모양의 파란색과 오렌지색 표지판을 제외하면 일반적인 비즈니스 단지처럼 보인다. 정확한 위치를 찾기가 좀 어려워서 방향을 파

215

앨라배마주 스코츠버러의 미회수 수하물센터 외경.

악하려고 큰 교회 앞에 차를 세웠다. 윌로 스트리트는 고속도로에서 조금 떨어져 있으며, 버짓인, 패밀리달러, 머플러 상점 몇 곳, 목재 회사, 전당포, 스코츠버러소년박물관 및 문화센터 앞을 지나간다. 센터 건물에는 깔끔하게 손질된 울타리가 있고 성조기 두 개가 입구를 장식하고 있다. 글라이더, 흔들의자 여러 개, 공중에 매달린 화분들은 사업체보다는 가정집 현관을 연상시킨다.

　여행가방이 없으면, 우리는 준비되지 않은 채로 세상에 내던져진다. 바로 이것이 여행가방을 잃어버렸을 때 느끼는 마음의 불안이다. 몇 년 전 몬트리올로 여행 갔을 때 내 여행가방이 도착하지 않았다. 가방 하나 없이 공항 밖으로 걸어나가는 기분이 묘했다. 프랑스어로 된 표지판들 아래를 지나가면서 나는 빈손 그 이상의 느낌이었다. 마치 내가 있는 곳에 속하지 않은 것처럼 위험할 정도로 가벼운 느낌을 받았다. 다음날, 나는 쇼핑을 하러 가서 검은색 스웨터와 검은색 바지를 샀다. 그런 방식으로 내 여행가방에 애도를 표했던 건지도 모른다. 여행가방은 다음날 호텔로 배달되었다. 일레인 스캐리는 『아름다움 그리고 그냥 존재하는 것에 관해』에서 늦어지는 여행가방과 관련한 아름다움에 대한 인식을 말한다.

아름다운 사물이 갑자기 존재하는 것은, 새로운 사물이 그것의 아름다움을 전달하는 감각의 지평 안에 들어왔기 때문이 아니다(새로운 시가 쓰이거나 새로운 학생이 도착할 때처럼, 겨울에 잎이 다 떨어진 버드나무가 연보라색 판벽과 하늘을 배경으로 노란 지팡이의 미로를 들어올려 깊은 감동을 줄 때처럼). 이미 지평선 안에 있던 사물이 마치 늦어진 여행가방처럼 갑자기 그 아름다움을 지닌 채 손에 쥐여지기 때문이다.[1]

새로운 사물의 아름다움을 이해하는 것은 이미 존재하는 사물의 경우와 마찬가지로 갑작스럽다. 가방을 잃어버리면, 그걸 영영 못 찾을 것 같은 두려움에 시달리다가 갑자기 되찾게 된다. 오늘날 우리는 여행할 때 여행가방을 가지고 가는 것을 당연하게 여긴다. 여행가방이 일정 시간 동안 주인과 분리될 수는 있지만, 일반적으로 과거에 그랬던 것처럼 주인과 별도로 이동하지는 않는다. 이런 의미에서 과거의 수하물 운송은 오늘날 우편으로 소포를 보내는 일과 비슷했다. 여행용 트렁크 역시 소포처럼 운송 과정에서 충격을 받아 내용물이 파손되는 경우가 종종 있었다. 제인 오스틴은 카산드라에게 쓴 편지에서 트렁크에 대한 고민을 이야기했다. 1799년 5월 17일에 보낸 편지에 트렁크의 무게 문제에 관해 썼다.

아무래도 트렁크 때문에 괴로워질 것 같아. 몇 시간 전에 일이 또 있었지. 드비즈에서 토머스와 리베카를 데려온 마차에 싣고 가기에는 트렁크가 너무 무거웠으니, 다른 마차에 싣기에도 너무 무거울 거라고 생각할 만했어. 우리는 오랫동안 그것을 실어다줄 마차 소식을 듣지 못했지. 마침내, 그러나 불운하게도 마차 한 대가 막 이곳으로 출발하려 한다는 걸 알게 됐어. 어쨌든 그 트렁크는 내일까지 여기에 올 수 없어. 지금까지는 안전해. 하지만 더 지연되지 않는다고 누가 보장하겠어.[2]

1808년 6월 15일부터 17일까지의 또다른 편지에서 제인 오스틴이 다시 이야기하는 "중요하지 않은 것들" 중 하나는 트렁크에 관힌 것이다. "내 트렁크가 벌써 도착했다는 걸 믿을 수 있어? 게다가 이 경이로운 행복을 완성해주는 건 아무것도 손상되지 않았다는 사실이야."[3] '경이로운 행복'이라는 유머러스한 과장법은 오스틴의 고전적인 표현이면서, 트렁크의 도착이 지연되거나 내용물이 손상되는 잦은 빈도를 암시하기도 한다. 자신의 소지품이 손상되지 않은 것이 놀랍고, 그녀는 한시름 놓는다. 1814년 3월 2일부터 3일까지 카산드라에게 보낸 편지에서는 운이 별로 좋지 않다. "내 트렁크는 어젯밤에 오지 않았어. 오늘 아침에는 올 거라고 생각해. 만약 오지 않으면 예정된 방문을 위해 스타킹을 빌리고 신발과 장갑을 사야 해. 이런 가능성에 더 잘 대비하지 않은 건 어리석었어. 하지만 이 일에 대해 이런 식으로 글을 쓰면 트렁크가 빨리 도착할지도 모른다는 큰 희망을 갖고 있어."[4] 그녀는 글을 쓰면 트렁크가 존재하게 만들어 자칭 어리석음의 문제를 바로잡을 수 있을 거라고 농담한다. 이는 우리 모두가 여행을 하며 어느 시점엔가 느끼게 되는 어리석음이다.

오스틴은 자기 물건들을 돌려받는다. 그녀는 운이 좋았다. 미회수 수하물센터는 회수되지 않은 물건들이 보관된 곳으로, 쇼핑객들이 주인 없는 물건들을 살펴보러 찾아온다. 3700평방미터

규모의 이 센터는 1970년에 문을 열었고, 매년 40개국 이상에서 80만 명 이상의 방문객을 끌어모으고 있다. 지역 포도원, 동물원, 스카이다이빙 장소, 골프장, 동굴, 주립공원, 노스앨라배마 할렐루야 성지 코스 입구 등에 비치된 관광안내책자에도 이곳에 관해 실려 있어서 주요 명소로서 이곳의 위상이 강조된다. 기념 티셔츠도 구입할 수 있다. 본관에는 보석, 스포츠 용품, 정장, 서적, 전자제품("고객 1인당 1일 노트북 세 대까지 구매 제한"), 남성 및 여성 의류, 그리고 (물론) 여행가방도 비치되어 있다. 스타벅스도 있다. 별관의 '기타Ftc.' 상점에는 어린이용품과 가정용품이 진열되어 있다. 주차장이 절반쯤 차 있고, 몇몇 캠핑객이 이곳이 휴가 때 오는 장소임을 증명한다. 건물 측면의 표지판이 뒤쪽에 레저용 자동차를 위한 주차 공간이 더 있음을 알려준다. 이 장소에 특별히 눈에 띄는 점은 없다. 이 센터 옆에는 앨라배마타이어와 싯고Citgo가 있다. 길 건너편에는 T와 W 미회수 수하물센터가 있는데, 그곳은 이 미회수 수하물센터에 비해 다소 낡아 보인다(센터 직원 말에 따르면, 그곳에 비치된 물건들은 '짝퉁'이라고 한다). 센터 뒤에는 묘지가 있다. 시더힐묘지다. 웹사이트에 따르면 이 묘지는 이 도시의 면적 63에이커 중 20에이커를 차지하며 무덤 1기당 400달러 또는 4기를 묶어 1400달러에 이용할 수 있다. 이곳에는 남북전쟁 때의 무덤이 있고, 도시 최초의 가족 무덤도 있다. 그리고 층층나무도 있다.

이 센터는 항공사, 노선버스, 기차, 유람선, 렌터카 회사, 리조트로부터 여행가방들을 받는다. 미회수 수하물을 판매하기도 한다. 미회수 수하물이 나오는 경로는 대부분 항공여행이다. 미회수 수하물센터의 웹사이트에 따르면, 가방들의 99.5퍼센트가 공항의 수하물 찾는 곳에서 온다. 하지만 나머지 0.5퍼센트도 있다. 2012년에 미국 주요 항공사의 국내선 항공편에서 180만 개가 넘는 가방이 분실, 도난 또는 손상되었다. 이는 승객 1천 명당 세 개 이상의 수하물이 잘못 처리되었음을 의미하며, 전년 대비 8퍼센트 감소한 수치이다. 2007년에는 상황이 훨씬 더 나빴다. 450만 개의 가방이 분실되거나 손상되었다.[5] 2013년에는 전 세계적으로 잘못 취급된 가방의 수가 2180만 개, 즉 승객 1천 명당 6.96개였다.[6] 지역 항공사와 저가 항공사가 실적이 가장 나쁜 편이다. 슈퍼스마트태그나 리바운드태그와 같은 무선 주파수 마이크로칩은 여행자들에게 잃어버린 물건을 틀림없이 찾게 될 거라고 약속하지만, 이런 장치는 여행의 예측 불가능성을 상기시키는 역할을 할 뿐이다. 미회수 수하물센터 웹사이트에 따르면, 항공

여행가방

사는 회수되지 않은 가방의 주인을 찾기 위해 "광범위한 3개월의 추적 프로세스"를 실시하고, 분실된 것으로 남은 가방들에 대해 보상금을 지불한다. 그런 다음 이제는 누구의 소유도 아닌 "회수되지 않은 수하물 자산"을 센터에 판매한다.

센터 웹사이트는 가방 주인을 찾는 프로세스가 철저하고 그 결과 "궁극적으로 고아가 되는 가방의 비율은 놀라울 만큼 적다"는 사실을 알리려고 애쓴다. 고아가 된다. 이 단어는 가방 주인이 가방의 부모이고 이 부모가 사망했음을 암시한다. 웹사이트에서는 '분실lost'과 '미회수unclaimed'라는 용어를 같은 의미로 사용한다. '분실'은 열쇠를 잃어버리듯 가방이 엉뚱한 곳으로 가는 바람에 가방의 움직임을 추적할 수 없게 되었음을 의미한다. '미회수'는 주인이 해당 물품을 포기했음을 의미한다. 이러한 유기는 물품의 분실 상태와 관련이 있지만, 분실 상태가 그것을 완전히 설명해주지는 못한다. 이런 고아 가방들은 눈에 띄지 않게 구입되어 트랙터-트레일러를 통해 센터의 처리 시설에 도착한다. 거기서 개봉, 분류되고 가격이 책정된다. 매일 7천 개가 넘는 새로운 품목이 도착한다. 의류는 앨라배마 북부 최대 규모인 사내 시설에서 세탁하거나 드라이클리닝한다. 전자제품은 테스트한 후 개인 데이터를 삭제한다. 고급 보석류는 세척하고 가치를 평가하다. 가방은 일요일부터 토요일 오후 2시 30분에 대중에 오픈된다. 그래서 모든 것이 제거되기 전에 낯선 사람의 여행가방 안을 들여다볼 수 있다. 직원들이 소매용으로 "최고의 품목들"을 분류하고, 나머지 품목들 중 약 절반은 '리클레임드 포 굿Reclaimed for Good' 프로그램을 통해 기부한다. 나머지 절반은 "소매나 기증에 부적합"하기 때문에 버려진다. 이 과정이 열린 여행가방 이미지로 웹사이트에 표시되는데, 그 내용은 화면 하단에서 판매, 기부, 폐기의 세 가지 범주로 나뉜다. '폐기' 범주에는 고무젖꼭지, 마커펜, 종이 클립, 고무줄, 치약 및 칫솔, 작은 갈색 필드노트 공책, 영수증처럼 보이는 접힌 종잇조각, 책에서 찢겨나온 종이 등이 포함된다. 잃어버린 재산의 4분의 1이 쓸모없다는 사실이 터무니없이 슬프게 느껴진다. 다른 사람의 치약과 칫솔로는 뭔가를 하지 못한다. 그 사람의 공책으로도. 이는 우리의 가방을 채우고 우리의 삶을 구성하는 가치 없는 물건들이다.

이런 가방들에는 이상하고 특이한 물건도 들어 있다. 센터 입구는 발견된 물건들의 '박물관'으로 지정되어 있으며, 설립자인 도일과 수 오언스 부부의 초상화가 걸려 있다. 수가 노란 안락의자에 앉아 있고 도일은 뒤에 서서 수의 어깨에 손을 얹고 있다. 오른쪽에는 '종교적인 물품들'이 전시되어 있고, 왼쪽에는 1986년 영화 〈라비린스〉에 나오는 고블린 호글의 인형이 있다. 이 인형은 1997년 "악화돼가던 상태"로 센터에 도착해 복원된 것이다. 이런 전시는 매장 안에서도 계속된다. 무스 뿔, 언더우드 타자기, 러시아의 돔라와 아프가

앨라배마주 스코츠버러의 미회수 수하물센터에 전시된
빈티지 여행가방.

니스탄의 루바브 같은 악기 등 보물이 벽에 산처럼 쌓여 있다. 이런 물품들에는 해당 물품이 무엇인지 설명해주는 글("아프간인들은 루바브에 대해 특별한 감정을 가지고 있다")이 달렸으며, 언제센터에 도착했는지도 표시되어 있다. '수제 선박모형 HMS 서프라이즈호'에는 나폴레옹전쟁의간략한 역사와 영화〈마스터 앤드 커맨더〉속 러셀 크로의 사진이 붙어 있다. 2010년에 나온 물품 '골동품 부채'에는 다음과 같은 이야기가 붙어 있다. "손으로 그린 이 아름다운 1800년대 부채는 여가를 즐기는 젊은이들의 고전적인 모습을 보여준다. 정교하게 조각된 뼈대에 금박을 입힌 이 빅토리아 시대 부채는 사회적 지위가 상당히 높은 여성의 소유였음이 틀림없다." 이러한 물건들은 판매용이 아니며, 매장 전체에 비치된 물건들 중 일부 전시품에는 빈티지 여행가방 여러 개를 포함해 판매용이 아닌 품목이 포함되어 있다.

나는 줄지어 놓인 연한 회색 쇼핑카트들 옆에 서서 지도를 살펴본다. 내 앞에 청바지들이 줄지어 진열되어 있다. 반으로 접혀 바지걸이에 걸린 채다. 유니폼 코너를 지나고 레이스 장식이 달린 레그워머(웬 쇼핑객이 모텔 방에 비치되는 스타일의 검은색 인조가죽 장정 성경을 이것들 사이에 버렸다) 코너를 지나서 1990년대의 무도회를 연상시키는 길고 밝은색 드레스들로 가득 찬 예복실로 들어갔다. 데이비즈브라이덜 제품 등 대량 생산된 웨딩드레스 여섯 벌 정도가 깊숙한 벽에 걸려 있었다. 모두 스팽글, 레이스, 태피터로 장식되어 있다. 누군가 그 드레스들을 착용한 적이 있는지 궁금하다. 나는 버튼업 셔츠, 가운, 잠옷들이 진열된 선반들을 지나 돌아다녔다. 12사이즈의 아이보리색 끌로에 레이스 드레스(849.99달러, 소매가 3195달러)와 배럴색의 '셰라자데 트렁크'(189.99달러, 소매가 1450달러) 등 매장에서 가장 비싼 품목 중 일부가 선별되어 선반 맨 위에 진열돼 있다. 잃어버린 가방 속에 숨겨진 보물을 상기시키기 위해 일상의 바다와는 별도로 분리한 것이다. 한 여자가 끌로에 드레스를 올려다본다.

"어떻게 끌로에 드레스를 찾아가지 않을 수 있었을까?" 그 여자가 머리를 흔들면서 친구에게 말한다. "놀라워."

대부분의 품목은 평범하다. 정장, 장신구. 블라우스, 드레스, 티셔츠. 소형 카메라와 대중 시장용 문고본 책이 줄지어 늘어서 있다. 일상생활에 필요한 물건들이다. 하지만 카페에서 멀지 않은 곳에 "19세기의 스위스 블랙 포레스트, 1350달러"라는 라벨이 붙은 정교하게 조각된 어두운 색의 나무틀이 있고, 평범함과 비범함 사이의 긴장감이 이 센터에 특징을 부여한다. 고급 보석류의 경우 케이스에 담기고 잠금 장치가 채워져 있다. 시계, 진주 목걸이, 카메오 브로치와 펜던트, 다이아몬드가 박힌 금 십자가, 온갖 길이의 금 사슬과 은 사슬. 가격표를 살펴보니 이상할 정도로 정확했다. 103.99달러, 66.99달러, 172.99달러, 260.99

앨라배마주 스코츠버러의 미회수 수하물센터에 전시된
카메오 브로치들.

여행가방

달러, 500.99달러.

내 옆에 있던 남자가 판매원에게 카메오 반지를 볼 수 있느냐고 묻자 그녀가 그것을 케이스에서 꺼내 그에게 건네주었다.

"이거 정말 예뻐요." 판매원이 말했다. "할인이 정말 많이 들어갔던, 이것과 비슷한 다른 제품도 있었어요. 그건 곧장 팔렸죠."

남자는 반지를 주의 깊게 살펴보고 뒤집어보기도 한다. "네, 정말 좋네요."

"아름답죠. 그리고 진주가 달린 제품도 있는데 세팅이 참 독특해요."

그녀는 남자에게 다른 반지를 건네주었고, 그는 그것이 어울릴지, 여자의 손에서는 어떻게 보일지 고민하듯 반지를 손가락 끝에 끼워보았다.

"흠, 정말 좋은 걸 건졌네요." 그가 말했다.

나는 스카프 코너로 건너갔다. 또다른 판매원이 해골 모양의 내 반지를 보고 미소 지었다.

"해골을 좋아하시나봐요?" 그녀가 물었다.

"좋아해요." 내가 대답했다.

"음, 보여드릴 물건이 있어요. 방금 들어왔죠."

그녀는 잠시 걸어가서 깔끔하게 접힌 흑백의 해골 패턴 스카프를 가지고 돌아왔다.

"알렉산더맥퀸이에요." 그녀가 말했다.

"오오, 사랑스럽네요."

"방금 들어온 거예요."

"와우, 여기에도 아름다운 것들이 있네요." 내가 케이스 안에 들어 있는 스카프들을 가리키며 말했다.

"맞아요." 그녀가 대답했다. "에르메스 제품이에요."

스카프 중 하나는 짙은 파란색이다. "저것 좀 볼 수 있나요?" 내가 물었다. 그녀는 그것을 꺼내 카운터 위에 올려놓았다.

"이 제품도 있어요." 그녀가 다른 스카프를 가

여행가방

리키며 말했다. "정말 멋지죠."

"그건 저한텐 좀 너무 고전적인 것 같아요." 내가 말했다. "말 패턴이나 뭐 그런 거요."

그녀가 웃었다. "그렇죠. 저도 그렇게 생각해요. 하지만 이 파란색은 참 예쁘네요." 그렇다. 나는 그 스카프를 카운터 위에 펼쳐놓았다. 천사 패턴이다.

나는 이 스카프가 들어 있었을 여행가방을 생각했다. 어쩌면 잠겨 있었을 수도 있다. 혹은 아닐 수도 있다. 어쩌면 그건 중요하지 않은지도 모른다. 내가 보기에, 여행가방의 잠금장치는 결코 진정한 보안 수단이 아니다. 아마도 그 크기 때문일 것이다. 잠금장치는 금속으로 된 작은 열쇠구멍이거나 작은 버튼들이 달린 번호키일 것이다. 그것은 어렸을 때 일기장에 달려 있던 자물쇠를 떠올리게한다. 무엇보다 그것은 상징적이며, 열 수 없다기보다는 열지 말라는 선언인 것이다. 다시 말해 그것은 사생활을 보호해주는 것이 아니라, 사생활을 보호해달라는 주장이다. 이제 이 스카프는 고아가되어 여기에 있다. 나는 그것을 구입하기로 결정했고 판매원은 흐뭇한 미소를 지었다.

"준비되시면 계산대로 가져다드릴게요." 그녀가 말했다. "천천히 오세요."

"고마워요." 내가 말한다. "바로 계산대로 가서 지불할 수 있어요."

나는 그녀에게 직불카드를 건네주었고 그녀는 그것을 긁었다. 129.99달러. 세금까지 포함하면 141.69달러. 스카프에 돈을 탕진했지만 후회하지 않는다. 이 스카프의 가치는 감정이나 기억이 아닌 시장에 의해 정해졌다. 이 스카프를 여행가방에서 꺼냈을 때 주인과의 연결은 끊겼다. 물건들이 담긴 여행가방 역시 그 물건들을 정의하며, 그 물건들은 여행가방과 분리되면 덜한 것 또는 다른 것이 되어버린다.

떠나기 전 나는 센터 건물 뒤의 묘지로 걸어가 아치형 철제 입구 아래에 서서 사람들이 손에 쇼핑백을 든 채 차에 오르내리는 모습을 지켜보았다. 미회수 수하물센터의 해결되지 않은 질문은 왜 가방들이 회수되지 않은 채로 남아 있는가이다. 내가 여기에 간다고 사람들에게 말했을 때 그들은 하나같이 이렇게 물었다. **도대체 왜 가방을 찾아가지 않을까요?** 아마도 이 질문에 대한 답은 없을 것이다. 또는 그 답은 응답되지 않는 것, 답할 수 없는 것이다. 중고 상점이나 골동품 쇼핑몰에 있는 물건들은 그곳으로 옮겨져 판매되거나 기부된 것들이다. 상점 주인이 어딘가에서 손에 넣은 것일 수도 있다. 혹은 그 물건들의 주인이 죽었을 수도 있다. 주인이 이사를 가면서 그 물건들을 없앴을 수도 있다. 그러나 미회수 수하물은 다르다. 어쩌면 주인이 물건을 잃어버린 것이 아니라 물건이 주인을 잃어버린 것일 수도 있다. 그 사람들은 유령처럼 센터 위를 맴돌고 있으며, 그들에 대해 뭐라고 말해야 할지 아무도 모른다.

내 스카프는 접힌 채 흰 종이백 안에 들어 있고,

종이백 윗부분은 영수증과 함께 스테이플러로 고정되어 있다. 나는 그것을 꺼낸다. 부드럽다. 새것의 느낌은 들지 않는다. 누군가의 물건 같은 느낌이다. 나는 그것을 손에 들고 바라본다. 스카프 속 천사의 표정은 불가해하고 거의 어린아이 같다. 천사 뒤에는 녹색 날개가 달렸고 머리에는 화관이 씌워져 있다. 천사는 갈라져 양 옆구리로 흘러내리는 망토를 걸치고 있지만 몸이 없기 때문에 실제로는 옆구리가 없다. 망토 안에는 몸통 대신 빈 공간이 있다. 아무것도 없다. 깨진 유리처럼 기하학적 패턴만 있을 뿐이다. 천사는 미풍 속에서 펄럭이고, 나는 그 천사가 모든 것을 자신의 무로 가져가는 회수되지 않은 가방들의 천사라고 생각한다.

집으로 운전해 가는 동안 나는 머리카락이 눈에 들어가지 않도록 스카프로 머리를 감싼다.

세익스피어 학회에 사흘 동안 참석한 뒤에야 잠을 잘 수 있게 되었기 때문에 나는 잠을 잔다. 오늘은 폭포에 가기로 했다. 커피를 내린 뒤 밀리를 데리고 나가 주택가를 따라 아침 산책을 한다. 나는 모텔의 오래된 간판을 좋아한다. 그것은 지나칠 정도로는 향수를 불러일으키지 않는다. 그저 한동안 거기 있었을 뿐이니.

체크아웃할 때 프런트 직원이 아침식사 장소로 길 아래쪽에 있는 카페를 추천해주었다.

"대학 건너편의 스트립몰*에 있어요." 그녀가 말한다. "거기 좋아요."

나는 그곳에서 아침식사용 부리토와 커피를 포장 주문한 뒤 피스가국유림 입구를 향해 시내 중심가를 따라 수 마일을 운전해 내려갔다. 월요일이어서인지 공원에는 다른 차들이 많지 않다. 루킹글래스폭포에 도착해 우리는 길가에 서서 물을 바라보았다. 모기 한 마리가 내 손가락을 물었다. 슬라이딩록†에서는 누군가 미끄러져 내려오는지 보려고 기다렸다. 하지만 그런 시즌은 아직 아니다. 나는 강변의 야외 테이블에서 부리토로 아침식사를 하고, 스티로폼 컵에 담긴 커피를 마신다. 그리고 물소리에 귀기울인다. 공원에서 나가는 길에 선물가게에 들러 나 자신과 친구들을 위한 기념품을 산다. 스모키베어‡를 닮은 박제된 곰이 선물가게를 지키고 있다.

그런 다음 집으로 향한다. 집에 도착하면 나는 항상 곧바로 짐을 푼다. 짐을 푸는 건 집을 다시 조립하는 것 같은 기분이다. 마치 물건들을 집에서 가져갔다가 다시 온전하게 만들기 위해 제자리에 돌려놓

* 상점과 식당들이 일렬로 늘어서 있는 곳.

† 노스캐롤라이나주에 있는 폭포로, 사람들이 경사진 매끄러운 바위를 타고 물에 미끄러져 내려오곤 한다.

‡ 미국 산림청의 산불 예방 캠페인에 등장하는 곰 모양 마스코트.

241

아야 하는 것처럼. 여행가방을 위층의 내 침실로 끌고 올라가 침대 위에서 열고 작업에 착수했다. 책들은 내 책 무더기 위로 돌아가거나 현관으로 나간다. 옷들은 대부분 더러워서 빨래 바구니 안으로 들어간다. 여행 막바지의 여행가방은 빨랫감이 가득하다.

아직 내 옷에 싸여 있는 기념품들을 풀어서 이불 위에 줄지어 늘어놓는다. 그 목록은 다음과 같다. 헬렌에서 산 스노볼(마을이 아니라 디즈니풍의 성을 묘사한), 도자기 재질의 미니어처 나막신 두 개, 역시 헬렌에서 산 마그넷 여섯 개. 주유소에서 가져온 작은 분홍색 노스캐롤라이나주 돼지저금통. 슬라이딩록 머그잔. 스모키베어 마그넷 다섯 개. 스모키베어 패치 두 개. 스모키베어 핀 세 개(그중 하나는 내 차 안 차광판에 꽂아두었다). 그리고 피스가국유림 스

여행가방

티커도 한 개 있다. 그건 내 여행가방에 붙여두었다.

나는 기념품들과 친구 몫의 버번위스키를 아래층으로 가져가 주방 싱크대에 올려놓는다. 그리고 언제 그걸 가져갈 거냐고 묻는 이메일을 친구에게 보낸다. 헬렌 마그넷 두 개와 스모키베어 마그넷 하나를 따로 빼내 냉장고에 붙여 내 컬렉션에 포함시킨다.

그런 다음 다시 위층으로 올라가 여행가방을 뒤쪽 옷장 안에 넣는다.

감사의 말

이 멋진 시리즈에 나를 참여하게 해주고 사려 깊은 편집과 피드백을 해준 크리스토퍼 샤버그, 이언 보고스트, 해리스 나크비에게 감사드린다. 아름다운 표지를 만들어준 디자인팀, 마케팅을 맡아준 캐서린 드 샹과 로라 이언, 제작을 담당해준 릴라 울라가너선과 제임스 터퍼에게도 감사한다. 미셸 테슬러와 내 에이전트 짐 매카시, 디스텔, 고드리치&부렛의 모든 분께도 감사의 마음을 전한다. 나의 학문적·비학문적 글쓰기에 한결같은 지원을 해준 존 아처에게 늘 감사를 느낀다. 나는 웨이크포레스트대학교의 물질성과 현대성 세미나 회원들인 캔디스 믹슨, 클라우디아 카이로프, 제시카 리처드, 로라 베네스키, 메건 멀더, 모니크

오코넬, 모나 오닐 및 스테파니 코스카크의 결합된 두뇌 능력의 수혜를 받았다. 완다 발차노와 페이지 멜처는 친절하게도 여성 젠더 및 섹슈얼리티 연구 콜로키움에서 내 작업에 대해 이야기하도록 나를 초대해주었다. 뉴욕역사협회의 세미나에서 일할 수 있도록 연구 보조금을 제공해준 웨이크포레스트대학교에도 감사를 전하고 싶다. 뉴욕역사협회에서는 알렉산드라 크루거와 질 라이헨바흐가 매우 큰 도움을 주었다. 또한 나는 멜라니 로키 덕분에 새로 복원된 뉴욕 공립도서관의 로즈 리딩룸과 앨런룸에서 즐거운 시간을 보냈다. 자크 조제프 티소의 〈기차를 기다리며(윌즈덴 교차로)〉를 책에 실을 수 있도록 허락해준 더니든공공미술관과 〈여행가방 제작자의 의상〉을 실을 수 있도록 허락해준 메트로폴리탄미술관에 감사의 마음을 전한다. 이 책을 쓰는 과정에서 나는 사실상 모든 사람이 여행가방에 관한 이야기나 기억, 영화나 책에 대한 생각, 짐 꾸리는 방법 등 여행가방에 관해 할말이 있다는 걸 알게 되었다. 오드라 앱트, 로라 올, 엘리자베스 비어든, 라이언 보위, 앤 보일, 제인 카, 에이미 카탄차노, 에린 채프먼, 앨리슨 디버스, 라라 도즈, 미셸 다우드, 이리나 두미트레스쿠, 메러디스 파머, 존 파리나, 젠 페더, 딘 프랑코, 샤론 풀턴, 로라 조바넬리, 만다 골츠, 제니퍼 그레이먼, 오마 헤나, 세라 호건, 제프 홀드리지, 멜리사 젠킨스, 크리스티나 코프먼, 캐서린 키저, 앨리슨 키니, 세라 랜드레스, 크리스티나 마르셀로, 샘 메이어, 패트릭 모런, 앤 모이어, 프랜시 뉴콤, 켈리 뉴콤, 니엄 올리어리, 에이드리언 필런, 댄 퀼레스, 제니 라브, 에밀리 리처드, 앤 보이드 루, 조애나 루오코, 랜디 솔로먼, 젠 스피처, 켈리 스테이지, 캐시 토머스, 올가 발뷔에나, 애니아 와인버그, 로런 월시, 제시카 울프를 포함해 그런 내용을 나에게 공유해주거나 이 프로젝트에 관해

247

대화를 나눠준 모든 분께 감사드린다. 자동차 여행의 친구로서 훌륭한 동반자가 되어준 조 스커츠, 세라 토레타 클락, 에리카 예글리 및 어맨다 톰프슨에게 특히 감사하며, 우리 집 포치에서 책에 관해 오랫동안 이야기를 나눠준 제니 파이크, 카터 스미스, 에릭 엑스트랜드에게도 감사의 마음을 전하는 바다. 우리 집은 모든 면에서 훌륭한 모나 오닐과 제이 컬리에 의해 크게 개선되었다. 펠스 선생님과 라메이 선생님에게도 감사드린다. 어린 시절의 선생님들은 매우 중요한 경우가 많다. 내 부모님인 브래드와 샤론, 형제자매인 데릭, 캐서린, 헬렌도 엄청난 지원을 해주었다. 역대 최고의 모텔이었던 테네시주 타운센드의 리버스톤로지에도 감사한다. 나는 그곳 그리고 길에서 이 책의 원고를 많이 썼다. 마지막으로 내 반려견 밀리가 없었다면 단어 하나도 쓰지 못했을 것이다. 밀리는 나의 글쓰기와 여행의 충실한 동반자다.

주

들어가며: 여행과 물건들

[1]   Rebecca West, *Black Lamb and Grey Falcon: A Journey Through Yugoslavia* (New York: Penguin, 2007), 29.

[2]   Lori Brister, "Tourism in the Age of Mechanical Reproduction: Aesthetics and Advertisements in Travel Posters and Luggage Labels," *Britain and the Narration of Travel in the Nineteenth Century: Texts, Images, Objects*, ed. Kate Hill (Burlington, VT: Ashgate, 2016), 130~49, 130.

[3]   Sam Todd, "Oh, the Places This Bag Has Been," *New York Times*, June 11, 2017, Styles section, 3.

[4]   Paul Fussell, *Abroad: British Literary Traveling Between the Wars* (Oxford and New York: Oxford University Press, 1980), 167.

[5]   Homer, *The Odyssey*, ed. Alan Mandelbaum (New York: Bantam, 1990)를 보라.

[6]   Eric J. Leed, *Mind of the Traveler: From Gilgamesh to Global Tourism* (New York: Basic Books, 1991), 27.

[7] Miguel de Cervantes, *Don Quixote*, tr. Edith Grossman (New York: Harper Perennial, 2005), 5.

[8] Cervantes, *Don Quixote*, 27.

[9] Eric G.E. Zuelow, *A History of Modern Tourism* (New York: Palgrave Macmillan, 2016), 5~6.

[10] Zuelow, *A History of Modern Tourism*, 7.

[11] J.G. Links, "Notes on Foreign Travel," *Bon Voyage: Designs for Travel*, Deborah Sampson Shinn, J.G. Links, et al. (New York: Cooper-Hewitt Museum, 1986), 17~53, 19.

[12] Links, "Notes on Foreign Travel," 24.

[13] 앞의 책, 53.

[14] Zuelow, *A History of Modern Tourism*, 8.

[15] Leed, "Notes on Foreign Travel," 11.

[16] Cindy S. Aron, *Working at Play: A History of Vacations in the United States* (Oxford: Oxford University Press, 1999), 32.

[17] Zuelow, *A History of Modern Tourism*, 1.

[18] Links, "Notes on Foreign Travel," 30~31.

[19] Paul Fussell, "Bourgeois Travel: Techniques and Artifacts," *Bon Voyage: Designs for Travel*, Deborah Sampson Shinn, J.G. Links, et al. (New York: Cooper-Hewitt Museum, 1986), 55~93, 55.

[20] Links, "Notes on Foreign Travel," 29.

[21] Fussell, "Bourgeois Travel: Techniques and Artifacts," 55~56.

[22] 앞의 책, 56.

[23] 앞의 책, 58.

[24] 앞의 책, 56~57, 67.

[25] 앞의 책, 78.

[26] Kristoffer A. Garin, *Devils on the Deep Blue Sea: The Dreams, Schemes, and Showdowns That Built America's Cruise-Ship Empires* (New York: Viking, 2005), 8.

[27] Garin, *Devils on the Deep Blue Sea*, 13.

[28] 앞의 책, 14.

[29] 앞의 책.

[30] Garin, *Devils on the Deep Blue Sea*, 15.

[31] Fussell, "Bourgeois Travel: Techniques and Artifacts," 61.

[32] 앞의 책, 73.

[33] 앞의 책, 93.

[34] Erin Blakemore, "Five Things To Know About Pullman Porters," Smithsonian.com, June 30, 2016. https://www.smithsonianmag.com/smart-news/five-things-know-about-pullman-porters-180959663/

[35] 모든 자료는 다음에 실려 있다. Marguerite S. Shaffer, "Seeing the Nature of America: The National Parks as National Assets, 1914~1929," *Being Elsewhere: Tourism, Consumer Culture, and Identity in Modern Europe and North America*, ed. Shelley Baranowski and Ellen Furlough (Ann Arbor: University of Michigan Press, 2001), 155~84, 155.

[36] 앞의 책, 185~212, 185, 188.

[37] Anthony Sampson, *Empires of the Sky: The Politics, Contests and Cartels of World Airlines* (New York: Random House, 1984), 43.

[38] 앞의 책, 36.

[39] Patrick Smith, *Cockpit Confidential: Everything*

You Need to Know About Air Travel (Chicago: Sourcebooks, 2013), xv.

[40] Elizabeth Becker, *Overbooked: The Exploding Business of Travel and Tourism* (New York: Simon & Schuster, 2013), 9.

[41] 앞의 책, 11, 12.

[42] 앞의 책, 11.

[43] Dean MacCannell, *The Tourist: A New Theory of the Leisure Class* (Berkeley and Los Angeles: University of California Press, 1999), 42.

[44] Fussell, "Bourgeois Travel: Techniques and Artifacts," 65.

[45] Daniel A. Gross, "The History of the Humble Suitcase," Smithsonian.com, May 9, 2014. https://www.smithsonianmag.com/history/ history-humble-suitcase-180951376/

[46] Joe Sharkey, "Reinventing the Suitcase by Adding the Wheel," *New York Times*, October 4, 2010. http://www.nytimes.com/2010/10/05/business/ 05road.html

[47] 앞의 글.

[48] Stirling Kelso, Jennifer Coogan, Nina Fedrizzi, Emily Hsieh, Alison Miller, and Nicholas Teddy, "History of Airline Bags," Travel+Leisure, August 11, 2010. http://www.travelandleisure.com/ articles/history-of-airline-baggage

[49] Smith, *Cockpit Confidential*, 265~266.

[50] 앞의 책, 13.

[51] Ralph Caplan, "Design for Travel(ers)," *Bon Voyage: Designs for Travel*, Deborah Sampson

여행가방

Shinn, J.G. Links, et al. (New York: Cooper-Hewitt Museum, 1986), 95~127, 101.

1. 여행가방과 비밀들

[1] Tennessee Williams, *A Streetcar Named Desire* (New York: New Directions, 2004), 44.

[2] 주머니와 젠더·계급의 관계에 대해 더 알고 싶다면 다음을 보라. Chelsea G. Summers, "The Politics of Pockets," *Racked*, September 19, 2016. https://www.racked.com/2016/9/19/12865560/politics-of-pockets-suffragettes-women

[3] 모든 자료는 다음에 실려 있다. Georgian London from Amanda Vickery, *Behind Closed Doors: At Home in Georgian England* (New Haven and London: Yale University Press, 2009), 26, 38~39.

[4] Hans Ulrich Obrist, "Ever Airport: Notes on Taryn Simon's Contraband," *Contraband* (New York: Steidl/Gagosian Gallery, 2010), 7.

[5] 앞의 글.

[6] Obrist, "Ever Airport," 9.

[7] Simon; Obrist, "Ever Airport: Notes on Taryn Simon's Contraband," 13에서 인용.

[8] Obrist, "Ever Airport," 15.

[9] https://www.icp.org/exhibitions/the-mexican-suitcase-traveling-exhibition

[10] David Chazan, "Researchers study 17th century undelivered letters found in a leather trunk," *Telegraph*, November 9, 2005. http://www.telegraph.co.uk/news/worldnews/europe/nether

lands/11982846/Researchers-study-17th-century-undelivered-letters-found-in-a-leather-trunk.html

[11] Herman Melville, *Bartleby the Scrivener* (New York: Melville House, 2010), 64.

[12] Jane Austen, *Northanger Abbey* (New York: Penguin, 1995), 143.

[13] 앞의 책.

[14] 앞의 책, 144.

[15] 앞의 책, 148.

[16] 앞의 책.

[17] 앞의 책, 149.

[18] 앞의 책, 150.

[19] 앞의 책.

[20] Lily Koppel, *The Red Leather Diary: Reclaiming a Life Through the Pages of a Lost Journal* (New York: Harper Collins, 2008), 1.

[21] 앞의 책, 7.

[22] Darby Penney and Peter Stastny, *The Lives They Left Behind: Suitcases from a State Hospital Attic* (New York: Bellevue Literary Press, 2008), Prologue, 25.

[23] Ingrid and Konrad Scheurmann, *For Walter Benjamin: Documentation, Essays and a Sketch* 3 vols.(Bonn: Inter Nationes, 1993)을 보라.

[24] Ovid, *The Poems of Exile*, trans. Peter Green (Berkeley and Los Angeles: University of California Press, 2005), 19.

[25] 앞의 책, 10.

[26] 앞의 책, 25.

여행가방

[27] *Virginia Quarterly Review* 93, no. 2(Spring 2017), 9.

[28] Holland Cotter, "For Migrants Headed North, the Things They Carried to the End," *New York Times*, March 3, 2017. https://www.nytimes.com/2017/03/03/arts/design/state-of-exception-estado-de-excepcion-parsons-mexican-immigration.html

[29] 앞의 글.

[30] David Foster Wallace, *A Supposedly Fun Thing I'll Never Do Again: Essays and Arguments* (New York: Back Bay Books, 1997), 270.

[31] 이에 대해 더 알고 싶다면 다음을 보라. Brian Goggin's "Samson" installation at the Sacramento Airport, see Christopher Schaberg, *The Textual Life of Airports: Reading the Culture of Flight* (New York: Continuum International Publishing Group, 2011), Chapter 9.

[32] "Titanic luggage turns up 99 years too late," *Yorkshire Post*, November 2, 2013. http://www.yorkshirepost.co.uk/news/titanic-luggage-turns-up-99-years-too-late-1-6208609

[33] "Only one passenger saved his baggage," *New York Times*, April 24, 1912. www.encyclopedia-titanica.org/baggage-saved.html

2. 여행가방의 언어

[1] William Shakespeare, *Henry V*, ed. T.W. Craik (New York: Bloomsbury Arden, 1995).

[2] Tim O'Brien, *The Things They Carried* (New York:

Penguin Books, 1990), 3.

[3] 앞의 책, 5.

[4] Steven Connor, *Paraphernalia: The Curious Lives of Magical Things* (London: Profile, 2011), 16.

[5] Natalie Zarrelli, "The Most Precious Cargo for Lighthouses Across America Was a Traveling Library," *Atlas Obscura*, February 18, 2016. http://www.atlasobscura.com/articles/the-most-precious-cargo-for-lighthouses-across-america-was-a-traveling-library

[6] Paula Byrne, *The Real Jane Austen: A Life in Small Things* (New York: HarperCollins, 2013), 267.

[7] 앞의 책, 268.

[8] Freydis Jane Welland, "The History of Jane Austen's Writing Desk," *Persuasions: The Jane Austen Journal* 30 (2008), 125~128.

[9] William Shakespeare, *Henry IV, Part 1*, ed. David Scott Kastan (New York: Arden Bloomsbury, 2002).

[10] Robert Pinsky, trans., *The Inferno of Dante* (New York: Farrar, Straus and Giroux, 1996), 7.

[11] C.D. Wright, *ShallCross* (Port Townsend, WA: Copper Canyon Press), 138.

[12] Sinead Morrissey, *Parallax and Selected Poems* (Farrar, Straus and Giroux, 2015), 201.

[13] Constance Urdang, "The Luggage." http://www.poetryfoundation.org/poem/176469

[14] Stanley Moss, *A History of Color: New and Collected Poems* (New York: Seven Stories Press, 2003), 34.

[15] Paul K. Saint-Amour, "Over-Assemblage: Ulysses and the Boite-en-Valise from Above," *Cultural Studies of James Joyce*, ed. R. Brandon Kershner (Amsterdam and New York: European Joyce Studies 15, 2003), 21~58, 43.

[16] Derek Attridge, "Unpacking the Portmanteau, or Who's Afraid of Finnegans Wake?" in *On Puns*, ed. Jonathan Culler (Oxford: Basil Blackwell, 1988), 140~155, 145, 148.

[17] *Texas Quarterly* IV(winter, 1961): 50.

[18] Lewis Carroll, *Alice's Adventures in Wonderland & Through the Looking-Glass* (New York: Bantam, 1981), 179.

[19] Francis Huxley, *The Raven and the Writing Desk* (New York: Harper & Row, 1976), 62.

[20] Mary Ruefle, *Trances of the Blast* (Seattle and New York: Wave Books, 2013), 13.

[21] Huxley, *The Raven and the Writing Desk*, 121.

[22] Katherine Mansfield, *Stories*, ed. Jeffrey Myers, 1920 (New York: Vintage, 1991), 157.

[23] 앞의 책.

[24] Sergei Dolatov, *The Suitcase*, tr. Antonina W. Bouis (Berkeley: Counterpoint, 1986), 129.

[25] Ernest Hemingway, *A Moveable Feast* (New York: Charles Scribner's Sons, 1964), 74.

[26] Orhan Pamuk, "My Father's Suitcase," *New Yorker*, December 26, 2006. http://www.newyorker.com/magazine/2006/12/25/my-fathers-suitcase

3. 짐 꾸리기

[1] Eric J. Leed, *The Mind of the Traveler: From Gilgamesh to Global Tourism* (New York: Basic Books, 1991), 2.

[2] Richard Ford, *Between Them: Remembering My Parents* (New York: Ecco, 2017), 42.

[3] Jack Kerouac, *On the Road* (New York: Penguin 1955), 11~12.

[4] 다음을 보라. Michelle Dean, "Read it and keep: is it time to reassess the 'beach read'?" *Guardian*, June 2, 2016(https://www.theguardian.com/books/2016/jun/02/beach-read-summer-books-holiday-vacation); Ilana Masad, "When Totally Normal Books About Girls Turned Into 'Beach Reads,'" *Broadly*, June 20, 2017(https://broadly.vice.com/en_us/article/when-totally-normal-books-about-girls-turned-into-beach-reads).

[5] "No surprises there then: women DO pack too much when they go on holiday," *Daily Mail*, August 30, 2010. http://www.dailymail.co.uk/news/article-1307365/Women-DO-pack-holiday.html?mrn_rm=als1

[6] Hitha Palepu, *How To Pack* (New York: Clarkson Potter, 2017), 19.

[7] Alice Oswald, *Dart* (London: Faber & Faber, 2002), 3.

[8] Roland Barthes, *Mythologies*, tr. Annette Lavers (New York: Hill and Wang, 1972), 65~66.

[9] 앞의 책, 65.

[10] 앞의 책.

[11] Susan Stewart, *On Longing: Narratives of the Miniature, the Gigantic, the Souvenir, the Collection* (Durham: Duke University Press, 1993), 68.

[12] P.L. Travers, *Mary Poppins* (New York: Harcourt, 1981), 11.

[13] 앞의 책, 203.

[14] Lucy Maud Montgomery, *Anne of Green Gables* (New York: Puffin Books, 2014), 16.

[15] 앞의 책, 17.

[16] 앞의 책, 18.

4. 나의 여행가방

[1] "Introduction," *The Gendered Object*, ed. Pat Kirkham(Manchester and New York: Manchester University Press, 1996), 9.

[2] *Seinfeld*, "The Reverse Peephole," season 9, episode 12(1998).

[3] Ralph Caplan, "Designs for Travel(ers)," *Designs for Travel* (New York: Cooper-Hewitt Museum, 1986), 95~127, 125.

[4] Jane Austen, *Selected Letters*, ed. Vivien Jones(Oxford: Oxford University Press, 2004), 32.

5. 잃어버린 여행가방: 앨라배마의 미회수 수하물센터

[1] Elaine Scarry, *On Beauty and Being Just* (Princeton: Princeton University Press, 1999), 16.

[2] Austen, *Selected Letters*, 29~30.

[3] 앞의 책, 85, 87.

[4]   앞의 책, 166.

[5]   Joe Yogerst, "Best and Worst Airlines for Lost Luggage," *Travel + Leisure*, February 13, 2013. http://www.travelandleisure.com/slideshows/best-and-worst-airlines-for-lost-luggage

[6]   Scott McCartney, "Baggage Claim: Airlines Are Winning the War on Lost Luggage," *Wall Street Journal*, June 4, 2014. https://www.wsj.com/articles/baggage-claim-airlines-are-winning-the-war-on-lost-luggage-1401922595

옮긴이 **최정수**

연세대학교 불어불문학과와 동 대학원을 졸업하고 전문번역가
로 활동하고 있다. 파울로 코엘료의 『연금술사』 『마크툽』, 아니
에르노의 『단순한 열정』, 프랑수아즈 사강의 『어떤 미소』 『한
달 후, 일 년 후』, 기 드 모파상의 『기 드 모파상: 비곗덩어리 외
62편』, 아모스 오즈의 『시골 생활 풍경』 외에 『르 코르뷔지에의
동방여행』 『우리 기억 속의 색』 『여자를 삼킨 화가 피카소』 『역
광의 여인, 비비안 마이어』 『노 시그널』 『나는 죽음을 돕는 의
사입니다』 등 110여 권이 책을 우리말로 옮겼다.

지식산문 O 01

여행가방

초판 인쇄 2025년 3월 7일
초판 발행 2025년 3월 20일

지은이 수전 할런
옮긴이 최정수

펴낸곳 복복서가(주)
출판등록 2019년 11월 12일 제2019-000101호
주소 03720 서울특별시 서대문구 연희로 28길 3
홈페이지 www.bokbokseoga.co.kr
전자우편 edit@bokbokseoga.com
마케팅 문의 031) 955-2689

ISBN 979-11-91114-75-1 04800
      979-11-91114-74-4 (세트)

잘못된 책은 구입하신 서점에서 교환해드립니다.
기타 교환 문의: 031) 955-2661, 3580